双子は驢《ろ》馬《ば》に
跨《また》がって

金子薫　kaoru kaneko

河出書房新社

双子は驢馬に跨がって

第一部

1

目が醒《さ》めてから再び眠りに就くまでのあいだ、今日も「君子《くんし》危《あや》うきに近寄らず」は辛抱強く待ち続けていた。相も変わらず少年と少女、それから驢馬《ろば》の到着を待っている。いつかやって来るという確信も時には揺らぎ、所詮は自分の思い込みに過ぎないのではないかと悩むこともあった。しかし、みつるもことみも少しずつではあるが間違いなく近づいてきており、この部屋に光が射し込むのもそう遠くないはずだった。

「君子危うきに近寄らず」とその息子「君子」のいる部屋は洗面所の鏡が撤去されており、

窓には外から板が打ちつけられている。ステンレスの食器に映さなければ自分の顔も満足に見られず、食事が運び込まれるとき以外には日の光を垣間見るのもままならない。時計も没収されているため、双子と驢馬を待つ時間は途方もなく長く感じられ、「君子危うきに近寄らず」は時たま自分が百歳の老人であるかのように思うのだった。希望を捨てたり、再びそれにしがみついたりしながら、親子は境界の曖昧な一日一日を生きている。

二つのベッドと食事を置くための机がある他には、家具らしい家具はひとつとして置かれていない。白米と冷水が運ばれてくるのが朝であり、鶏肉入りの南瓜《かぼちゃ》スープが運ばれてくるのが夜だった。鏡は奪われ、窓は塞がれ、時の流れを知る術《すべ》はごく限られており、白米と南瓜スープを結ぶ線分の上、二人の身体は今日も動かぬ秒針の如く伸びている。

先に起きたのは「君子危うきに近寄らず」の方だった。机の上には昨夜平らげた南瓜スープのボウルがそのまま置かれており、朝食はまだ運ばれてきていなかった。おそらくは夜明け前であると考え、眠っている息子のために蛍光灯は点けないことにした。蛍光灯は調子が悪く、無闇矢鱈《やたら》と点滅を繰り返しては親子の目に負担をかけていたが、窓が塞がれているからにはその光を頼るしかない。

「君子危うきに近寄らず」は息子の寝息に耳を澄ました。一定の間隔を置いて繰り返される呼吸は少年の潜っている眠りの深さを教えてくれた。穏やかな寝息に聞き入りながら東の空が徐々に白んでゆく様を思い描く。そしていつか息子とともに朝焼けを見られたらと願う。

今では紛《まぎ》れもなく自分の息子だと信じているが、以前はそうではなかった。突然この部屋に現れた少年に「君子」という名前を与え、息子として認めるまでには多くの時が流れた。

息子に限らず彼自身もまた、なぜこの部屋に閉じ込められているのか本当のところはわかっていない。ある夜森で気を失っているところを発見したので、保護するためにここまで運んできた。ペンションで働く男たちが教えてくれたのはたったこれだけのことであり、それが事実であるかどうかはわからない。実際には彼ら従業員たち、オーナーの配下たちが森に仕掛けていた罠にでもかかったのかもしれない。稀少な甲虫《こうちゅう》か何かのように網で捕獲され、標本にする前に設けられた束の間の飼育期間を生きているだけなのかもしれない。

「君子危うきに近寄らず」は長くこの部屋で過ごしながらも、自分がかつてどんな名を持って生き、何を生業《なりわい》としていたのか、まるで思い出せずにいた。自らに「君子危うきに近寄らず」という名をつけたのは、不定期に許可されるシャワーを浴びていたときに、おそらくは父であると思われる男の声が突如として脳裏に蘇ったからだった。

「いいか、君子危うきに近寄らず、だよ。これだけは覚えておきなさい」

幼い頃に風呂場で幾度も言い聞かせられたのであろうか。本当の名も父の顔貌も思い出せはしなかったが、彼はこの忠告、この諺《ことわざ》を自らの名として選び、監禁されていようとも力の限り生きていくと決めたのである。

同じく森で保護された「君子」が部屋に運ばれてきたのは、彼が「君子危うきに近寄らず」を名乗るようになってからまだ間もない頃のことだった。少年は父親を探して森に足を踏み入れたらしい。監禁の事実と場所をどこで知ったのかは判然としないままであったが、どうやら故郷では母親も、つまりは「君子危うきに近寄らず」の妻も心配しているようだった。

彼は自分が父親であること、誰かの夫であることをなかなか認めようとしなかった。少年は両親との思い出を懐かしげに語ったにも拘《かか》わらず、肝心の自分の名前はなぜだか忘れてしまっていた。両親の名前もペンションに来る頃には忘れていたので、「君子危うきに近寄らず」は本当の名を思い出す好機を失った。遥々《はるばる》ここまで来たというのに自分と両親の名すら覚えていないなど論外であり、少年への不信感は募《つの》るばかりだった。記憶を失くした父親のもとに記憶を失くした息子が運び込まれるなどあまりに馬鹿馬鹿しい筋書きではないだろうか。心底そう思えてならなかった。彼は自分の問題を棚上げにして少年の記憶喪失を責めた。

しかし、一枚の写真をめぐる会話をきっかけに、彼は少年を息子と認めるに至った。その写真は彼の唯一の私物であり、体操服を着ている子供たちの写真だった。校舎と思われる建物の前に十三人の子供が並んでいる。前列に三人、中列に五人、後列にも五人。男と女がおよそ半々ずつ。個々の顔に覚えはないが、この部屋で初めて目を醒ました日、ズボンの尻ポケットを探ると出てきたのであった。

この少年少女はいったい誰なのだろうか。どうして自分はこんな写真を持っているのだろうか。彼は来る日も来る日も写真を眺めては出会ったことのない子供たちについて知ろうと努めた。そして、前列中央の少年と後列左から二番目の少女が双子だという考えを得た。いかにも似た顔つきをしているが、性別の違いや他の多くの子供たちが交ざり込んでいるせいもあり、これを見抜くには少しばかり時間がかかった。発見の歓びは閃光の如く胸のうちを照らし、そこから彼は自分のための物語を紡《つむ》ぎあげていった。

双子は驢馬に跨《また》がって私を助けに来るであろう。移動手段としては、子供に馬は御《ぎょ》しかねるだろうし、駱駝《らくだ》に乗らねばならぬほど過酷な土地でもあるまい。双子はやはり驢馬に、それも一頭の驢馬に跨がって来るはずだ。この確信が生まれてからというもの、尚も監禁は続いていたが、精神の均衡を崩さずに暮らしていけるようになった。

息子が来てからも生活は変わらなかった。素性の知れぬ少年と寝食をともにしながら、

「君子危うきに近寄らず」は時おり写真を眺め、少年、少女、驢馬について考えた。今ではどのくらい成長しているのだろうか。写真が撮影されてから、そして自分がこの部屋に閉じ込められてから、いったい何年が過ぎたのだろうか。彼は飽くことなく想像を巡らせ、あたかも祈るようにして写真を眺めていた。

だが「君子」との会話を経て、彼の物語は絵空事ではなく実際に起こっている出来事へと姿を変えた。ある日のこと、いつも大切そうに眺めているから気になったのであろう、不意に少年が写真を覗き込み、それから言った。

「あっ、それ、僕の写真だよ！　ほら、見て、ここだよ、ここ！　やっぱりあなたは僕の父さんなんだ！」

彼は耳を疑ったが、確かに写真には目の前の少年が写り込んでいた。中列右から二番目、中腰の姿勢で笑っているではないか。撮影時より背は伸びているものの、疑いなく少年本人であるように思えた。

少年の顔を初めて真正面から見据えると、彼は言った。

「うん、これはきみだよ。間違いない。それは認めるとしよう。でも、この写真はいつどこで撮られたものなんだい？　父さん、全然覚えていないんだ」

うっかり自らを父と認めてしまい決まりの悪さを感じたが、それどころではなかった。

少年は嬉々として答えた。

「三年生のときの運動会さ！　紅組が優勝したから記念に撮ったんだ。父さんが撮ってくれたんじゃないか」

「君子危うきに近寄らず」はやはり何も思い出せなかったが、少年を力いっぱい抱擁し、それまでの非礼を詫びた。この日ついに「君子危うきに近寄らず」は父となり、自分の名から息子にも新しく「君子」という名前を与えたのである。

新しい名前を嬉しそうに呟く「君子」に、彼はそれとなく尋ねた。

「ところで、この二人は双子なのかな？」

息子は元気よく答えた。

「うん、よくわかったね！　みつるとことみっていうんだ。その運動会のあとで転校しちゃったけど。でも変だよね、自分の名前も覚えていないのに友達のことはよく覚えているだなんて」

「気にしなくていいさ。それに、おまえには君子という名前があるじゃないか」

そう言うと、「君子危うきに近寄らず」は双子の名前を口に出して味わってみた。

「みつると、ことみか」

彼は安心して双子の到着を待つことに決めた。少年少女が息子の昔の同級生であるのなら救出は時間の問題と言えよう。今でも時には自分や息子について悩み、双子の実在すら疑うことがあったが、彼はその都度、この日息子が語った言葉を思い出し、自らを鼓舞《こぶ》するのであった。

そして今、眠っている息子の顔に彼は慈愛の眼差しを注いでいる。今日もまた親子は双子と驢馬の物語について語り合うだろう。父親が一行の足取りについて聞かせると、息子はそこに学校生活の思い出を添えるのが常だった。

2

ある老夫婦が広い庭を活かして驢馬を飼おうと考えていた。U夫妻は子供に恵まれず、それゆえ遊びにきてくれる孫たちもいなかった。二人だけで過ごす時間も時に物寂しく感じられ、驢馬を飼育するという考えはこれ以上ない名案であるように思えた。

驢馬を迎える前に飼育舎を建てる必要があったので、二人は昔から付き合いのある大工たちを呼び、すぐにでも建設作業にあたってほしいと頼んだ。その際、夫妻は驢馬の美点を挙げ、新しい友を心から欲していることを理解させた。二人が褒めたのは、小さな身体に秘められた筋力、情愛の深さ、忍耐の強さ、それから紀元前四千年頃にまで遡《さかのぼ》る家畜としての脈々たる歴史、この四点である。

老夫婦の言葉を聞くと、棟梁《とうりょう》と弟子たちはそれらの美点に心を動かされ、驢馬という動物を口々に讃美し始めた。そして、飼育舎の建設を是非とも手伝わせてほしいと申し出た。

その後、大工たちは足繁《あししげ》く老夫婦を訪ね、夕食をともにし、飼育舎の設計図を考えるために意見を交わした。食後には皆で庭を歩き、地面に寝そべってはそこで眠りに就く驢馬の気持ちを推し量ろうとした。驢馬を大事に思えば思うほど図面の決定には慎重にならざるを得ず、設計図の完成にはおよそ一週間を要することになった。

しかし、建設作業そのものにはさほど時間もかからず、五日と経たぬうちに飼育舎は完成を見た。四メートル四方の敷地を使い、屋根の高さは三メートルにも達する立派な小屋が出来上がったのである。

無骨なブロック塀で囲われていながらもきちんと窓まで取り付けられており、裏側には木製の引き戸が、表側には両開きの扉が設《しつら》えられていた。屋根はカラー鉄板で作られ、湿気に弱い驢馬のため排水性は良好に保たれていた。

内部は馬房と飼育準備室に分かれていた。完成したばかりであったが老夫婦はさっそく飼育準備室に入り、馬房を覗いてみることにした。だが、そこで休らう驢馬の姿を想像してみても鮮やかな像は結ばれなかった。どんな姿勢で驢馬が横たわるのか、二人ともまだ知らなかったのである。

そこで老夫婦は大工たちに馬房に入るよう頼み、休らう驢馬を演じてもらおうとした。完成の歓びもあってか、棟梁と六人の大工は一斉になだれ込み、我先にとポーズを取り始めた。しかし七人の男が四つん這いになるには狭く、その様子は監房にすし詰めにされている四人であるかのように見えた。それでも棟梁の嘶《いなな》きだけは真に驢馬そっくりであり、老夫婦も目を瞑《つぶ》り、間もなくこの飼育舎で紡がれていくであろう愛らしい驢馬との生活に思いを馳せた。

飼育舎が完成を迎えると心待ちにしていた牡《おす》驢馬がやって来た。驢馬は思っていたより遥かに多く食べた。カルシウム粉末をまぶした干し草を、人参を、さつま芋を、配合飼料をあっという間に平らげた。時には固形塩を舐め、塩分とミネラルを摂取した。夫妻もその食事量には啞然とさせられたが、驢馬は期待通りとても可愛らしかった。ナカタニという名をつけてやり、二人は馬房のなかで草を食《は》む姿をいつまでも眺めていた。

最初は馬房を覗いて見とれるばかりだった大工たちも、いつしかナカタニの世話を手伝うようになり、水浴び用の水槽を作るばかりか身体のブラシがけや蹄《ひづめ》の点検までこなしてくれた。蹄の手入れをするときには驚かせないように声をかけてから近づき、優しく身体を撫でながら足の方へ移っていく。内側から足首をつかむと、そっと持ち上げてみる。足先を洗ってから蹄に蹄油《ていゆ》を塗るのであるが、伸びすぎているときには装蹄師を呼び、刮削《かっさく》刀《とう》で切ってもらっていた。だが彼ら大工たちは蹄を削る技術すら身につけてしまったので、U夫妻にとっては頼もしい限りであった。

馬よりずっと小さいとはいえ、夫妻が老いた身体に後ろ蹴りをもらえば取り返しのつかない怪我を負ってしまうに違いない。もちろんそうした心遣いもあったが、大工たちが一丸となって世話を焼いたのは、何よりもナカタニの愛らしさゆえだった。

3

「君子危うきに近寄らず」と「君子」はそれぞれのベッドに横たわり、黙って互いの顔を見つめていた。それはおそらく昼下がりのことであったが、確かな時刻を知ることはできず、白米から南瓜スープに流れる時の底に身を沈め、静かに寝そべり続けていた。

先に口を開いたのは「君子」の方だった。少年は左頬を布団に押し付けたまま父に尋ねる。

「みつるとことみは今頃どのあたりを歩いているのかな？」

「君子危うきに近寄らず」は旅の情景を思い浮かべながら答える。

「きっと砂の上を歩いているはずさ。みつるくんは棒切れを杖の代わりに使っていて、ことみちゃんはパンをかじりながら歩いている。でも足取りは重くなってきているようだ。ペンションに近づいているのか、遠ざかっているのか、次第にわからなくなってくる。それでも二人は諦めたりしない。私たちを助けるため、足を休めず、弱音を吐かず、一歩また一歩と近づいてきている」

「君子」は寝返りを打ち、不安を悟られないように顔を隠した。だが壁に向かって弱音を吐いてしまう。

「どうしてそんなことまでわかるの？　どうせ僕を安心させるために嘘をついているんでしょう？　それに驢馬はどこに消えちゃったのさ？　一緒に歩いているって言ってたじゃないか」

「君子危うきに近寄らず」は身を起こし、ベッドに掛けた。彼も時に不安に襲われはしたが、息子ほどではなかった。そっぽを向いている「君子」に父親らしく優しい言葉をかける。

「嘘じゃないから安心するといい。本当に砂の上を歩いているんだ。驢馬だって二人のすぐ後ろをついてきている。父さんとおまえが言葉を交わしている今だって、彼らは懸命に歩いているんだ。少しずつ、少しずつ、こっちに向かってきている」

「君子」は壁の方を向いたまま身じろぎひとつしない。励ましてくれる父の顔は見もせずに、今にも泣きだしそうな声で言う。

「どうして砂の上なんて歩いているの？　どこか遠い国にでもいるの？」

「君子危うきに近寄らず」は正直に答える。

「ごめんな、父さんにもそれはわからない。でも二人はちゃんと近づいてきている。もうしばらくしたら、父さん、君子、みつる、ことみ、一頭の驢馬、皆で砂地を歩いて帰ることになるだろう」

「君子」は再び寝返りを打って向き直ったが、その声はまだ震えている。

「でも、僕たちはどこにいるの？　二人にはここがわかるの？　闇雲に歩いているだけじゃいつまで経っても着くはずないよ」

「君子危うきに近寄らず」は手を伸ばし、息子の背中をさすりながら言う。

「君子が父さんを探してここまで来てくれたように、双子と驢馬だって間違いなく辿り着く。ほら、涙を拭きなさい。男の子は泣いたらだめだ。いちど深呼吸して目を瞑ってごらん。いいかい？　父さんも昔はとっても心細かったさ。でもね、君子が訪ねてきてくれて、写真の少年と少女をみつる、ことみと呼んだとき、不安なんて吹き飛んでしまったんだ。だから君子も安心して待てばいい」

不安が吹き飛んだというのは嘘だった。夜遅くに大粒の涙を流したことも一度や二度ではない。しかし、その言葉は息子の心を慰め、安らかな表情を取り戻させるには充分だった。

毛布で涙を拭うと、「君子」は甘えるように言った。

「ねえ、みつるとことみの旅についてもっと聞かせてよ」

4

Eの妻が無事に双子を出産したのは夜も更《ふ》ける頃だった。痛みのあまり呻《うめ》き、時に男のように叫ぶ妻をEは励まし続けた。そして勇気づけの言葉飛び交う産室で、双子はついに生まれ落ちる。まずはことみがこの世界へと引き出され、続いてみつるが彼女の後を追いかける。母の叫びは赤子の産声《うぶごえ》に場を譲り、医師の手に取り上げられた二人はくしゃりと顔をゆがめ、いつまでも大声で泣き続けた。

男の子にはみつる、女の子にはことみと、夫がタオルに包まれた赤子に名前をつけると、妻はそれを聞いて喜んだ。二人で考えておいた候補は他にもあったが、彼女もまたみつるとことみがいいと考えていたのである。

出産に立ち会うにあたってEは不可思議な体験をしていたが、産後間もない妻には秘密にしておいた。痛みに喘《あえ》ぐ妻の姿を直視しながらも、その手を握り締め、落ち着いた気持ちで寄り添い続けられたのは、その日の昼過ぎ、俄《にわか》には信じ難い体験に背中を押してもらったからだった。

陣痛の知らせを聞くと直《ただ》ちに仕事を切り上げ、Eは病院に向かった。いよいよ父親になるのだという思いはまだ実感を欠いていたにも拘わらず、目に映る風景すべてを塗り替えてしまうほどの驚きと歓びに満ちていた。

ところが駅に至る道を歩いているとき、Eは奇妙な事態に気がついた。道ですれ違う人々が皆決まって、妻に子供が生まれることを知っているかのような素振りを見せるのである。

会社員や学生たちは悉《ことごと》くEに会釈をするし、駐車場に集まっている野良猫たちでさえどういうわけか訳知り顔をしてみせる。煙草屋の女店主が、頼り甲斐のあるところを見せてあげてくださいね、と話しかけてきたとき、疑念は確信に変わった。そうだ、この人たちは知っているに違いない。戸惑いを覚えつつも一方ではそれまで味わったことのないような誇らしさを感じ、Eはいつもより少し大股で歩き始めた。

ガード下の浮浪者たちから向けられている熱い視線に気がついたときにも、やはり彼らも知っているのだな、と思わずにはいられなかった。Eを見つめる瞳には何か尋常ならぬ輝きが映り込んでいた。

浮浪者の一人が歩み寄ってきた。いつもこの道を通って会社に向かっていたEだが、路上生活者と勤め人の暮らしは交わらず、このように向かい合うのは初めてだった。

おそらくは五十代と思われる男が言った。

「もう名前は決めてあるんでしょう?」

突然の質問ではあったが、Eの口からは意外なほどに素直な言葉が出た。

「ええ、男の子にはみつる、女の子にはことみという名前をつけるつもりです。それはもう迷いましたとも。でもたった今あなたが声をかけてくれたとき、その二つの他にはないように思えたのです」

長い後ろ髪をかき上げながら、男は嬉しそうに言った。

「こちらもちょうどその二つの名前、みつるとことみをこの耳で聞きたいと思っていたところです。二人は今日という日に生まれ、すくすく育っていったかと思えば、あっという間に旅に出てしまうことでしょう。母の胎内が狭いからといって誕生を急ぐ二人がこの世界を狭いと感じるようになるまで、それほど長くはかかりません」

Eは男に握手を求め、感謝さえ口にした。そこで語られた言葉にいかにも真実らしい響きを聞き取ったのである。

足取りも軽くガード下を抜けるとき、背後から男たちの声が聞こえてきた。

「ねえ、お願いです！　みつるくんとことみちゃんに、いつの日か私らのことも話してあげてください！　おかしな連中も含め、街中の人々に祝福されていたと！」

Eは振り返り、大きな声で叫び返した。

「もちろんです！　約束しましょう、ええ、必ずや語り聞かせますとも！」

5

「君子」が目を醒ますと朝食の皿はいつの間にか下げられていて、机には南瓜スープのボウルが置かれていた。扉の下から染みてくる幽《かす》かな月明かりを銀のボウルが照り返している。夕食が運び込まれる前に父子ともに眠ってしまったようだった。

父親を起こさぬようそっと机に手を伸ばし、「君子」は皿を引き寄せる。スープが冷めていることからおそらくは深夜、あるいは夜明けに近い時間であることがわかる。「君子」は冷めたスープを啜《すす》りながら自分の暮らしについて考える。

父も子もしばしば似たような問いを自らに突きつけては、答える術のないことに意気沮《そ》喪《そう》し、毛布を抱き締めて眠るばかりだった。この夜は「君子」が自問自答を開始する。果たして僕はどのくらいこの部屋にいるのだろうか、という問いが提出されるも答えは当然見つかるはずもない。時計もなければ日の光も射し込まず、時は空腹の度合いによってのみ計れるのだから。

時間の把握に関しては父親の方が神経質であり、「君子」が早々に計測を諦めてしまったのに対して「君子危うきに近寄らず」は多様な手段を試み続けていた。「君子」が来る以前はバケツに小さな穴を開け、満杯のバケツが空になるまでの時間をひとつの単位と定めて過ごしていたくらいだった。バケツは天井から吊るされ、滴《したた》る水は便器に落ちるようにしてあった。水を用いた計測法は彼にとって最大の発明であり、バケツが没収されるまではこの部屋にも外と同じく日常的な時間が流れていたと言っていい。しかし今では空腹の度合い、もしくは爪、髪、髭などの伸び具合を頼りにするしかない。

恐れの気持ちを露《あら》わにすることは滅多になかったが「君子危うきに近寄らず」も時には

次のように考えた。みつるもことみもとうの昔に死んでしまっているのかもしれない。羊水のなかで彼らの目が開かれたのは百年前の出来事であり、自分たちの使命を自覚する機会もなく年を取り、その生涯はひっそりと閉じられてしまったのかもしれない。だがそうした悲観的な考えに囚われるたび、彼は写真がモノクロではなくカラー写真だったことや、みつるとことみが息子と同級生だったことなどを思い、気持ちを落ち着かせるようにしていた。

そんな気の滅入《めい》るような生活から今は見事に眠りの国へ逃れている父の寝顔を眺めつつ、「君子」は夢中で鶏の骨をしゃぶっていた。やがて鶏の骨から南瓜の味がしなくなると、再びベッドに横たわり、じっと夜明けを待った。

6

出産の日にガード下で語られた言葉の通り、みつるとことみは健《すこ》やかに成長を遂げた。Eも、後になって浮浪者の逸話を聞いたEの妻も、双子が旅に出るのは時間の問題であると考えていた。

みつるもことみも好奇心旺盛であり、立ち上がり歩き始めるのは随分と早かった。言葉への感受性も強く、一歳を迎える頃から保育園に通っていた二人は物の名前と慣れ親しみ、実際にそれらの言葉を舌の上で転がしてみては、自分たちの生きていく世界を着実につくりあげていった。一語をただ連呼することから二語の組み合わせへと進み、やがて友人たちの名を覚え、自らの名を口にしながら鼻の先を指差してみたりもした。

日々の暮らしにおいて、双子はそれぞれ別の世界に生きながらも特定の領域だけは共有しているようであり、母胎の温かな水のなかで分かち合っていた記憶は、両親にも保母たちにも触れられることなく傷ひとつつないままに保たれていた。

避難訓練の日も他の子供たちが笑っているなか、二人だけが泣き叫んでいた。火事になった場合を想定し、保育園から少し離れた公園までの経路を確認するのが目的だったが、火事、燃える、火、煙、こうした言葉を聞くや否や、二歳半の双子は怯《おび》え始めたのである。

みつるの目に映る保育園は園庭の遊具もろとも燃え上がっており、そこには幾本もの火柱が聳《そび》え立っていた。恐怖のあまり花壇の傍に座り込んだ幼児の顔には両目と喉の粘膜を焼き尽くそうとする熱風が吹きつけ、建物の崩れ落ちる音も耳を聾《ろう》さんばかりに響いていた。

意思を持っているかのように揺れる炎に怯え、みつるは大声で泣いた。日頃遊んでいる砂場も火炎に包まれ、黒い煙が鉄棒までも覆い隠してしまっている。涙の理由を尋ねる保母たちの声も幼児には届かず、小さな耳には風と炎の立てる音と人々の悲鳴だけが聞こえていた。

ことみもみつるが泣いているのを見て、彼の目に映る炎に気がついた。やがて彼女も幻に囚われてしまい、みつるより大きな声で泣き始める。四方を煙と火柱に取り囲まれており、すでに二人には逃げ場がない。

双子が泣き止んだのは、保母の一人が実際にホースで水を撒《ま》き、ほらね、水で、火ぃ消えたよ、ほらね、火ぃ消えたよ、と語りかけてくれた御蔭《おかげ》だった。二人があまりにも大きな声で泣くため、周囲にいた子供たちも不安げな表情をしていたが、泣き出す者はいなかった。火、火事、燃える、こういった言葉に刺激されて実際に燃えさかる園庭を見るような子供は、みつるとことみの二人だけだった。

7

「君子」が弱音を漏らす頻度は次第に高くなり、見かねた父親はある日、部屋の壁に地図を描き始めた。ペンションに来るまでの双子の道筋を示し、あとどのくらい経てば着くのか教えることで、少しでも安心させてやりたかったのである。

意識が戻り最初にこの部屋で目醒めたとき、彼は双子と息子の写った写真以外には何も持っていなかった。一方、父親を探していたという「君子」の鞄には、財布と筆記用具、それに空の水筒が入っていた。まるで遠足にでも来たかのような荷物であるが、何もないよりはましだった。

「君子危うきに近寄らず」はサインペンを借りると、手始めに自分たちの暮らすペンションを描いた。扉から入って正面奥の壁、外から板で塞がれている窓の左側にペンションを位置づけたが、その直後、彼は自らの過ちに気がついた。ペンションを地図の中心に描き、そこから徐々に周囲の世界を構成していくつもりだったにも拘わらず、あろうことか、肝《かん》腎《じん》の中心を窓の近くに描いてしまった。窓のすぐ左脇にペンションを記したせいでその右側には広大なガラスの領域、何も描けない空間ができたのである。したがって地図は最初から大きな歪みを抱え込むことになった。

それでも「君子危うきに近寄らず」は息子のため、ペンションを中心とする世界をつくりあげていく。彼はペンションの周囲に、なるべく同心円になるようにして大きな楕円を五つ描いた。窓ガラスのところで欠けてはいるが、それぞれの楕円はある地理的な領域を示していた。ペンションがどこにあるのか位置を確定することは不可能であり、こうした単純な方法で周囲を構造化していくしかない。楕円には一から五までの番号を振り、ペンションを囲む最小の円を一番、向かって左側の壁まで跨がっている最大の円を五番と定めた。

ベッドに座り壁を眺めている息子に、彼は説明を試みる。

「いいかい、君子、ここが私たちのいるペンションだ。一の円がそれを取り囲み、二の円、三の円、四の円、そして五の円と続いていく。一の円は、父さんやおまえがかつて迷い込んだ森を示している。どうにかこの円のなかに入ることができれば、みつるくんもことみちゃんも難なくペンションを見つけ出せるはずだ。しかし、問題は二の円に入ったときに従業員たちに気づかれてしまうことだ。おまえは私に会うためにここまで来たんだろう？当然いま描いているものよりずっと精確な地図を持っていたはずだ。だが捕まってしまい、今ではこうして私と一緒にいる。それはなぜか？　きっと、二の円に入ったときにはすでに従業員か誰かに見つかっていたんだ。二の円にはペンションと所縁《ゆかり》のある人たちが住んでいて、森に入る人間を見張っていると考えてもいい。いずれにせよ、二の円は危険であり、ここで隙を見せれば双子も驢馬も一巻の終わりというわけだ」

好奇心に駆られ、心配など失せたかのように「君子」は聞く。

「それで、僕たちの家はどこにあるの？」

「君子危うきに近寄らず」は息子の関心を引けていると知り、目論見《もくろみ》の成功を喜んだ。このまま地図を充実させていけば、息子を悲嘆に暮れさせず心安らかに双子を待てる。現時点ではペンションの絵と森を示す木の集まり、および五つの楕円しか存在していないが、これから地図は拡大と細密化の一途を辿り、私たち親子の心の拠り所となるだろう。こういった展望に思いを巡らせながら、「君子危うきに近寄らず」は再びペンを執った。

「私たちの家はもっと遠くにあるはずだ。五の楕円よりもずっと外側にあるんじゃないかな。そうだなあ、このあたりに描いてみたらどうだろう？」

彼はペンションと五つの楕円を描いた奥の壁ではなく、部屋に入って左側、「君子」のベッド脇の壁に「故郷」という文字を記した。ここに来る前の生活を朧《おぼろ》げにでも覚えている「君子」に、「故郷」への描き込みは一任すると決めたのである。

「これから不安に襲われたときは地図を描くといい」

そう言うと筆入れから鉛筆を取り、息子に手渡した。

「君子」は鉛筆を受け取ると手のなかで転がしてみた。右手の親指、人差し指、中指を使い、ゆっくりとプロペラのように回転させ、手に馴染むまでその感触を楽しんだ。鉛筆が身体の一部になったというより、むしろ自分の手が鉛筆と同じ木からできているかのように思えたところで、ぎゅっと力を込めて握り直す。そして壁と向き合い、最初に、親子三人で暮らしていた家を描きにかかった。四角形と三角形を組み合わせて簡素な家を拵えると、その少し左に川を流れさせる。充分に川幅をとり、上から下へ、天井から床の方へと流れる水を表すべく、黒々と川のなかを塗ってみる。鉛筆の芯は黒い粉となりぱらぱらと布団に落ちていったが、寝床が汚れることなど構わず一心不乱に川を描き続ける。両岸には木々が並び、やがて自宅の上、同じ川沿いに彼の通っていた小学校が建った。

息子の見せる意外なほどの集中力に感心しながら、「君子危うきに近寄らず」は三の円から五の円までの特徴を決めることにした。ペンションと通じている者たちが二の円に住んでいるなら、三の円には善良な人々を住ませるか、障害とはならぬ平坦な土地、例えば草地などを広げておくべきだろう。到達があまりに困難となれば息子は落胆するだろうし、嘆き悲しむ息子の姿を見るのは自分としても辛いことである。三の円に「平原」と記すと、彼は息子の方を眺めやった。

久しぶりに活き活きとした様子を見せ、夢中になっている息子を邪魔するのはどうかと思い、「君子危うきに近寄らず」はサインペンを置いてベッドに横たわった。四の円、五の円、さらにその外の世界がどうなっているのかという問題は、そのうち息子と話し合って決めればいい。鉛筆と壁の擦れる音に耳を澄ましつつ、彼は眠りに就くつもりで瞼を閉じた。

8

双子は一歳から三歳までを保育園で過ごし、それから幼稚園に入った。二人がナカタニと出会った場所は父の仕事の都合で転校した先、新しい小学校の校庭だった。妻の具合が悪くなり驢馬の世話まで手が回らなくなったUは、思い悩んだ末に驢馬を隣町の小学校に寄贈したのである。棟梁をはじめとする大工たちは援助を惜しまなかったが、いつまでも頼っているわけにはいかない。

別れの日、大工たちによってトラックの荷台に乗せられると、ナカタニは頭を上げて嘶いた。空腹、疲労、苦痛などを感じたときには前足で地面を蹴るのだが、そうした動作は見られず、むしろ上機嫌な様子で尻尾を振っているので、U夫妻は顔をほころばせた。二人は大工たちと並び、遠ざかるトラックに手を振り続けていた。ナカタニは皆の声には反応せず荷台に敷かれた草を食《は》んでいた。大工たちのなかには泣く者までおり、誰より熱心に世話を焼いていた棟梁は老夫婦の隣に立ち、ナカタニに幸あれ、と涙ながらに繰り返した。

その日のうちにナカタニは小学校に運ばれ、それまでは山羊の暮らしていた小屋で飼われることになった。大工たちが汗水垂らして完成させた飼育舎とは異なり、見るからに粗雑な作りをしていたが、双子がやって来るまでの数年、ナカタニはこの小屋で生きなければならなかった。

狭い小屋のなか、ナカタニは飼育委員を務める児童たちの杜撰《ずさん》な世話に耐え続けた。もとより丈夫な家畜ではあるが、餌の種類も少なく配合飼料ばかり食べさせられていたため、見る間に痩せていった。広い庭で心ゆくまで散歩させてくれた老夫婦との日々は遠のき、慢性的な運動不足の状態にも陥っていた。

しかし双子がナカタニのもとに現れる。五年生の夏休み明けに転校してきたみつるとことみはなかなか新しい友達をつくることができず、休み時間には二人だけで遊んでいた。二人は「ナカタニ」という名札の提げられた小屋の前にしゃがみ、初めて目にする動物を観察して昼休みを過ごした。給食室の裏から廃棄された野菜を持ってきて、腹を空かせているナカタニに与えてやることもあった。

一ヶ月に亘《わた》りこうした生活を続けた結果、ナカタニは双子の顔を覚えるだけでなく両者を信頼するようになった。これで旅に出るための準備は整った。耳が大きく、短いたてがみの直立したこの愛らしい動物が双子の胸に旅への憧れを吹き込んだのである。それ以前にも旅立ちの予感はあったものの、実際に足を踏み出すまでには随分と時が経ってしまった。そろそろ旅立つべきなのかもしれない。みつるとことみは小屋の前で言葉を交わさずともそう考えていた。

ある放課後、双子は驢馬を連れて帰ることにした。ナカタニは無口頭絡《むくちとうらく》と曳き手をつけられ、双子と一緒に門を目指して歩き始めた。旅に出るには親の許可を得なくてはならない。信頼できる動物と巡り合えたのだと知ってもらい、その身体の頑丈さ、および気性の柔和さを証明し、少しでも両親を安心させる必要があった。

驢馬を引いて歩く姿は一際目立った。飼育小屋の柵は開け放たれ、校庭の砂の上には蹄の跡が続いている。ランドセルを背負う児童たちは好奇心を露わにしながらも転校生のもとに駆け寄ろうとはしない。呆気《あっけ》に取られたのであろうか、職員室に知らせにいく者さえいなかった。子供たちは放心したような様子で、驢馬とともに歩く双子の背中を見守っていた。

二人はナカタニの背に跨がろうとするが、いきなり上手くいくはずがない。ナカタニもじっとしておらず、不意に身体を震わすため、みつるは跨がる前に振り落とされてしまう。ことみも果敢に挑むがそのたびに軽くあしらわれ、やがて背中や尻から楽しく滑り落ちること自体が目的となる。どうも練習する必要がありそうだ、そう考えて驢馬に跨がるのは一旦諦めた。

そうこうしているうちに校門付近に辿り着く。双子はナカタニの身体を撫でさすり、興奮を鎮めてやりながら曳き手を引き、小学校の敷地から出るのに成功した。校門を出ると左に進み、駄菓子屋の角で右に曲がる。トンネルをくぐり交差点で右折する。交差点の手前には何台か乗用車が止まっており、運転手たちは皆、年端もゆかぬ子供たちが驢馬を導いているのを見て窓から身を乗り出していた。しばらく歩いたのち双子は公園に立ち寄り、両親にどう切り出すべきか相談することにした。

ナカタニの綱は滑り台の階段に結ばれた。双子はブランコに腰掛け、その様子を眺めながら揺れていた。驢馬は前足で地面を蹴ったり、雑草の匂いを嗅ぎそれを口にしたりしている。ことみはブランコから飛び降り、みつるの前に立って言った。

「ねえ、なんて言ったらいいのかしら？　お父さんもお母さんもびっくりするに決まっているわ。あの驢馬ちゃん、さっきから草ばかり食べていて、どうものんびりさんのようね。旅を許してもらえるかどうか、私不安になってきちゃった」

みつるはナカタニを庇《かば》った。

「ちゃんとナカタニっていう名前で呼んであげようよ。それに、大丈夫だよ、父さんも母さんもきっと理解してくれる。僕たちはこの驢馬、ナカタニに乗って出発するんだ」

その瞬間、ナカタニの断きが公園に響き渡った。まるでみつるの発言に同意したかのようである。ことみはみつるのブランコの鎖を握り、僅《わず》かな揺れを止めてから言う。

「確かにナカタニは頼もしいわ。あんなに大きな声を出せて、身体も丈夫で、言うことなしってところね。でも、その良さは母さんたちにも伝わるのかしら？」

みつるもブランコから降りると、囲いの手摺《てすり》の上に立ち、両手を水平に伸ばしバランスを取りながら言った。

「褒め方を工夫しなくっちゃ。旅に出してもいいと思ってもらえるように、粘りづよく説得するしかない」

ナカタニを褒めるための言葉をいくつか出し合ってから、みつるとことみは滑り台に結ばれた綱を解《と》き、いよいよ彼を連れて帰る決心をした。玄関で自分たちを迎えるであろう母や、夜に帰ってきて驚愕する父の顔がまざまざと思い浮かび、歩く足も自然と遅くなる。いつもなら公園から家までは五分とかからないが、どうにも決心がつかず、この日は十五分以上もかけて帰ることになった。

だが、二人の不安は杞憂《きゆう》に過ぎなかった。EもEの妻も、双子が生まれたばかりの頃から、子供たちが旅に出ると言い出したら引き留めまいと決めていたのである。双子が帰るとEの妻は玄関までナカタニを招き、みつるとことみをよろしく頼みます、と言って頭を下げた。そしてその夜、Eは二人の生まれた日に出会った浮浪者について語り聞かせ、旅に出ることは前々から知っていたよ、と言って笑ってみせた。

明朝に発つとは思えないほど普段と代わり映えのしない夕食を済ませると、双子は順々に風呂に入り、それから眠る準備をした。パジャマ姿で洗面所の鏡の前に立ち、歯を入念に磨いた。鏡のなかで目が合うと、二人は見開かれた互いの瞳のうちに旅への決意を読み取り合った。

リビングでは両親が荷造りをしてくれていた。大きなリュックサックが二つ開かれていて、種々雑多な物が周囲に広げられている。現金の入った封筒、手荷物用の小さなバッグ、時計、地図、衣類、等々、どれもこれも旅を予期していたからこそ即座に用意できたものだった。

双子は両親に感謝の気持ちと旅の抱負を伝えると、二階にある子供部屋に上がっていった。ひとつの部屋を共有しており、二段ベッドの上段をことみが、下段をみつるが使っていた。E夫妻は廊下にへたりこんでいるナカタニに布団をかけてやった。夜明けには二人を見送らなければならない。夫婦の寝室に入ると明かりを消して、布団のなかでもういちど子供たちの無事を祈る。

9

壁に触れながら時に目を瞑り、思索に耽り、瞼の裏側から記憶を引き摺りだすようにして、「君子」は思い出の場所「故郷」を描いていた。流れる川を中心の軸と定め、彼の思い出はその両岸に、単なる記憶の再現としてでなく彩り豊かな想像力の結晶として、柔らかく伸びやかに展開していった。

「君子」は鉛筆を噛んで歯形をつけ、唾液でたっぷり濡らすことで、道具に自らの印をつけることがあった。長いこと忘れられていた時間、息を吹き返し、いくらかの装飾を纏《まと》い再び流れ始める時間、他愛もなくそれだけにいっそう煌《きら》びやかだった過去の時間を生き直すため、彼はそれらの記憶を、手によく馴染んだ鉛筆で唾液ともども壁に擦りつけていく。瞳は常に爛々《らんらん》とさせ、双子の旅路を明らかにするという目的も忘れたかのように、彼は地図を描くこと自体に夢中になっていた。

父に任せられた「故郷」の一帯は瞬く間に膨れあがった。天井から流れ始めベッド脇で途切れて見えなくなる川は、両岸に公園や田畑を生じさせ、下流には下水処理施設などが次々と建造されていく。「君子」の描く絵は出来不出来の差が激しく、ただでさえ不格好な家屋が大きささもまちまちに転がっている。そうかと思えば、その近くには精緻《せいち》細密に描かれた虫、マメコガネやシロテンハナムグリなどが、あたかも本当に壁にしがみついているかの如く無数に棲息している。巧みに描かれた昆虫の絵を見ると「君子危うきに近寄らず」は、かつては自分もこの子を連れて採集に出かけたりしたのだろうか、と思わずにはいられない。

「君子危うきに近寄らず」も残りの円の性質を定め終えた。どのような土地を歩けば双子と驢馬はペンションに到達するのか、これで視覚的に示すことができた。あとはただ安らかな気持ちでベッドに横たわり壁を眺めていればいい。父と子ともに、地図の作成に疲れると自分たちの描いた外の世界を眺め、双子と驢馬は円の中心を目指しさえすればこの場所に辿り着けるのだと思い、各々心を落ち着かせるのだった。

双子と驢馬は、山岳地帯である五の円と、半砂漠地帯である四の円を踏破しなくてはならない。しかしそこさえ越えてしまえば、三の円はただの平原であるし、二の円には意地の悪い人々も住んでいるとはいえ結局のところ小さな町でしかない。安宿も簡単に見つかるだろうし、常に危険と隣り合わせというわけでもない。

あまりにも平坦で歩き易い土地だと、これほどまでに長く待ち続けている事実の説明がつかなくなるし、反対に過酷すぎる旅路を設定すればそれだけ到着は絶望的なものとなる。「君子危うきに近寄らず」は息子を思い、知恵を絞り、自らの希望をも託すようにして、楕円のなかに文字や独自の地図記号を描き込んでいた。鉛筆を握る「君子」とは違い「君子危うきに近寄らず」はサインペンを使っていたため、その決断は二度と覆《くつがえ》ることのない責任の重い描き込みとなって現れた。

10

並び立つ橅《ぶな》の樹皮に手を触れながら双子は慎重に斜面を下っていった。驢馬には荷鞍をつけていないため、二人は自分たちで大きなリュックサックを背負って歩いている。みつるのスニーカーは片方紐が解《ほど》けていたが、転倒することなく無事に湖畔まで下りられた。

夜の湖は満々と黒い水を湛え、まるで羊羹《ようかん》の如くそこに凝固していた。水面は少しも揺れてはおらず、暗闇のなかで決然とした不動性を維持している。双子は湖に近づき、父親が持っていくように勧めてくれたライトを点灯させた。すると突然照射された光に驚き、岸辺で眠っていた小魚たちが散り散りになり水のなかを泳ぎ去っていった。水底では枯れ葉が幾重もの層を成しており、土に還るのを大人しく待っていた。

浅瀬に踏み込むと、ナカタニはぴちゃぴちゃと音を立てて水を飲み始めた。みつるは曳き手を握り締め、あまり遠くまで行ってしまわないよう注意した。湖に見とれていることみの胸のうちは、本当に旅に出たのだという昂揚感で満たされている。

みつるが言う。

「さあ、向こう岸まで渡ってみよう」

岸辺にはボートも繋がれていたが、ナカタニまでは乗せられそうにない。そこで湖に架けられている鉄橋を渡ることにした。岸に沿って歩き始めた二人はふと立ち止まり、月の光揺らめく水面《みなも》を覗き込んだ。二人してしゃがみ込み、そこに映る自分たちの顔を見つめた。小石を落としてみると波紋と光の揺らぎが二つの顔を掻き乱し、水のなかでひとつに溶け合わせようとした。

再び歩きだしてからしばらくすると赤く染められた無骨な鉄橋が見えてきた。廃線となった森林鉄道の線路の名残であるらしく、枕木の間から足を滑らせないように慎重に渡る必要があった。小さな靴を履いている自分たちは勿論のこと、ナカタニの足下にも注意を払わなくてはならない。

二人の子供と一頭の驢馬が最初の一歩を踏み出すと、錆《さ》びついた鉄橋は重みに耐えかね、ぎい、ぎい、と酸味を感じさせるような鋭くざらついた声で鳴いた。鉄橋の軋《きし》る音はことみの口のなかに血の味を広げ、音楽室にあった錆びたハーモニカで唇を切ったときの記憶が、徐々に彼女の口を満たしていった。

橋は絶え間なく軋りをあげながら小刻みに震えていた。みつるはその場で飛んだり跳ねたりしたく思う少年らしい欲求を抑えていた。ナカタニを興奮させないよう配慮したのである。彼は時おり枕木の間から湖面を見下ろし、旅の緊張感を味わおうとした。

双子はナカタニのかつての飼い主である老夫婦との出会いへの期待と、ナカタニを奪われるかもしれないという不安を抱いていた。驢馬を寄贈したのが隣町に住むU夫妻であると知った二人は、世話の仕方について詳しく聞くために、まずその住まいを訪ねることにしたのである。驢馬の健康管理について聞くのは旅にとって必要不可欠だった。

これからは飼育委員や教師の見様見真似ではなく、老夫婦の助言を聞き入れることで、いくらか確信を持って世話ができるようになるはずだ。ナカタニの背中を撫でながら、双子は向こう岸を見据え鉄橋を進んでいく。

ナカタニは頻繁に立ち止まり、橋の高さに怯えて前進するのを渋った。双子は身体をさすり、声をかけ、折を見て人参の葉を与えてやった。食事中の顔つきはいつもの通り安らかであり、その瞳、および耳の動きからは言おうとしている言葉さえ読み取れるかのようだった。

ことみのポケットに葉だけでなく橙《だいだい》色の人参が入っていることを、ナカタニは見抜いていた。両者は橋の上で見つめ合った。ナカタニは円《つぶ》らな瞳で人参を要求していたが、ことみは葉だけ食べさせると前進するよう急かした。渡り切れたら好きなだけ食べさせてあげるつもりだった。みつるが曳き手を握って歩き、ことみは背中を撫でて励ます。灰色の体毛は触り心地がよく、優しく撫でているといっそう親密になれたように感じられた。ことみはナカタニに寄り添い、その身体を眺めながら歩く。頑丈な四肢にしっかりとした蹄、頭は大きく、口先は広く、たてがみは短い。腹部の辺りには、背中に見られるような灰色ではなく真白い毛が生えている。驢馬の愛すべき姿に旅の成就の約束を見たように思い、ことみは不意に叫んだ。

「ナカタニと一緒なら、ぜんぶ大丈夫ってわけね！」

ほどなくして双子と驢馬は対岸に着き、U夫妻の家を訪ねるために隣町を目指し歩き出した。檜《ひのき》の大樹の傍、草木の茂る獣道にナカタニが入っていったので、みつるもことみも湖岸を離れて森のなかに足を踏み入れる。迷いなく進むナカタニの後ろ姿を見て、もしかしたら道を知っているのかもしれないと胸をときめかせ、二人はドライフルーツを頬張りながらついていく。

11

鶏肉入り南瓜スープの匂いが部屋まで届く。今日も同じ配膳盆に載せられ、四人の配下たちのうちの一人が運んでくる。この日は四人のなかでただひとり年若い、痩せ形の神経質そうな青年が当番だった。

今が夜であるのかどうか、前回の南瓜スープを飲んでから本当に丸一日経ったのかどうか、やはり判断などできなかったが、「君子危うきに近寄らず」は昼寝をしている息子を起こした。

「君子、起きなさい。いつまでも寝ていると夜に眠れなくなっちゃうぞ」

午前中であると信じている時間、「君子」は地図の作成に没頭し過ぎたのだった。少しだけ昼寝をするつもりが長く眠ってしまった。眼精疲労が人より溜まり易いのか、あまり目を酷使し過ぎると熱を出すこともあった。

「君子」は眠たそうに目を擦り、それから身を起こした。扉の向こうから洩れてくる光を背負って青年が立っているのが見える。配膳盆に載っている料理が何であるのかは今さら尋ねるまでもない。これまでにいったい何杯の南瓜スープを飲んだのか、まるで見当もつかないほどだった。

親子は朦朧とした意識で南瓜スープを啜り始めた。いつも適度に温かく、鶏肉には下味がつけられており、決して不味《まず》くはない。とっくに飽きてしまったことと量が少ないことだけが問題だった。一日に二度しか与えられぬ質素な食事は、親子に恒常的な飢えをもたらしていた。この日も二人はボウルを受け取るとすぐに食べ出して、青年の足音が廊下の曲がり角に消える頃には平らげてしまっていた。

トイレのなかに設えられた洗面台で口を濯ぎ、人差し指を使って歯を磨く。陶器製の洗面台に水を吐き出すと、親子はまたしても地図の作成に取りかかる。部屋の蛍光灯が切れてしまうと困るため、トイレの明かりを点けて扉は開けっ放しにしておいた。眠くなるまで地図を描き、目を醒ましたら再び作業に戻ることが日課となっていた。双子を待つというよりも、自分たちの描いた地図のなかに彼らを探しにいくようにして、二人は日々真剣に壁に向かっていた。

四人の配下たちのなかでも先の青年は、日に日に膨れ上がり稠密《ちゅうみつ》さを増していく地図に対して、他の誰より無関心な様子を見せていた。青年は稀にしか難癖をつけてこないため、親子にとって、不意に食事を運んできても気楽に構えていられる唯一の相手だった。

他の配下は小太りの中年、義手をつけた中年、いつでも不機嫌そうにしている白髪の老人、これら三人から構成されていた。彼らは青年と異なり、二人の壁画に対して憎しみすら抱いているようだった。

配下たちは交代制で食事を運んでくるのだが、小太りの男は口元を歪め、不快な笑い声をあげながら絵の稚拙さを嘲弄するし、義手の男は何を描いているのか、何を目的として描いているのか、如何《いか》なる原則を拠り所にし、また如何なる規則を自らに課して描いているのか、などといった質問を、まるで尋問でもするかのように繰り返すのであった。そして、この二人にも増して親子を苦しめたのは他ならぬ白髪の老人であり、嘲笑も質問攻めもしなかったが、その代わり彼は地図に唾を吐きかけるのを得意としていたのである。親子が能動的に動くこと自体が気に食わないのか、部屋に入ってくると二人の行為の痕跡という痕跡に悪態をつく。嫌でも目につく壁画に対しては尚更であり、描きかけの部分を見つけると唾を吐かずにはいられないようだった。老人は「君子」の鉛筆を取り上げて膝を使いへし折ろうとすることさえあったが、いつもすんでのところで「君子危うきに近寄らず」が奪還に成功していた。

しかし、配下たちの反応も当然であると言わざるを得ないほどに、壁の地図は急速に拡大を遂げていた。食事を運び込むたび描き込みは増えており、その錯綜ぶりは、どの領域が広がったのかひと目では言い当てられないくらいだった。

息子の描く「故郷」と父親の描くペンション周辺では縮尺が異なり、全体として地図は著しく歪んでいた。特に「故郷」は異様に緻密なものとなっていた。記憶だけでなく願望と空想までが際限なく生まれ落ちて形をとり、細部への上書きは注釈をつけるようにして、傍《かたわら》に円形の拡大図を描くことによって行われた。双子を待つより地図を描くのに熱中している息子を見守りつつ、「君子危うきに近寄らず」は本来の目的も忘れておらず、双子の旅の出発点まで明らかにしておいた。自分のベッドが寄せてある壁に、彼は小さく二人の転校先の町を描いたのである。

すなわち、入って正面奥、窓のある壁には五つの楕円が、向かって左の壁には親子の「故郷」が描かれており、右の壁には双子の町を描くための空間がほとんど手つかずのままで残されている。さらに、今では天井への描き込みすらも始まっていた。「君子」はベッドに立つ父親に肩車をしてもらい、それでどうにかやってみていた。

12

ナカタニに導かれ双子は老夫婦の家に辿り着いた。家のなかに招き入れてくれたのはUであり、彼はナカタニと再会できたことについて感謝の言葉を繰り返した。みつるとことみが応接間の革張りのソファに腰掛け、紅茶を淹《い》れにいったUを待っていたとき、ナカタニは昔懐かしい馬房で休らっていた。Uの妻は身体の調子が悪いようで、驢馬の帰還を知ることなく寝室で眠り続けていた。

「こんなところまでよく来てくれたね。随分遠かっただろう」

そう言いながらUはガラステーブルにティーカップを並べ、ソファの向かいにある小さな丸椅子に座った。

ことみはティーカップに手を伸ばすと、さっそくカップの縁に唇をつけた。みつるはまだ熱くて飲めないだろうと判断し、背もたれから身を起こすだけに留めた。

紅茶を啜ることみを横目で見ながら、猫舌のみつるは言った。

「ここまで訪ねて来たのは、ナカタニの世話について話を聞くためなんです。僕たちは旅をしようと思っています。これからもっともっと歩き、想像もできないくらい遠くまで行きたいと思っています。ですが、ナカタニには無理をさせたくありません。眠る時間にも注意していますし、食事にも気を配っています。学校で飼育委員が世話していたときと比べたら、今の方がずっと健康的に暮らせているはずです」

ティーカップを置くと口元を拭い、ことみは言った。

「でも、まだわからないこともたくさんあって、不安でいっぱいなんです。例えば砂漠を歩いているときにナカタニが病気になったりしたら、私たちからからに干涸《ひから》びて死んでしまいます。まるで二本の枯れ木みたいになって砂地にいつまでも突き刺さっているだなんて、想像するだけでぞっとしちゃいます」

「だから僕たちは、ナカタニが食べてはいけないものや、病気とその治療について話を聞きたいと考えたんです」

「連れていったらだめだ、なんて言わないでくださいね。私たちはナカタニを頼りにしています。絶対に大切にするので、どうかこの通りです」

Uは頷きながら聞いていたが、不意に立ち上がると棚からビスケットとチョコレートを取り出し、皿の上に並べ始めた。チョコが映えるように並べてから、彼は孫を相手にしているかのように、優しく双子に語りかける。

「実にしっかりしているねえ。心配しなくていい、私はきみたちからナカタニを取り上げたりしないよ。約束しよう。ナカタニの様子を見ればわかるとも。二人との間にはすでに信頼関係があるようだからね。不思議なくらいよく懐いているじゃないか。みつるくん、ことみちゃん、いいかい、きみたちほどナカタニを安心して任せられる人なんてそうはいないんだ。どこへでも連れていくといい！　たとえ地の果てであろうと、ナカタニはきみたちについていくことだろう」

ビスケットを紅茶で流し込むと、Uは再び話に戻る。

「しかし、ひとまずこの家でゆっくりしていくのはどうだろう。十日ほど泊まっていくというのは？　ナカタニの世話も練習できるし、そのうち大工たちもやって来る。久しぶりにナカタニと会うことができれば彼らもたいそう喜ぶだろうなあ！　以前は皆で世話を手伝ってくれていた。聞きたいことがあれば何でも聞いてみるといい。驢馬の世話の専門家と言ってもいいくらいだからね。世話の仕方を一通り学び終えるまでは、ここでゆっくりしていったらどうかね？」

みつるとことみは顔を見合わせてから、大きな声で言った。

「はい、是非よろしくお願いします！」

旅の疲れを癒すため、そして驢馬の世話について学ぶためにもこれほど嬉しい申し出はなかった。双子はテーブルの上の菓子を食べながらUの妻が起きてくるのを待った。

13

U夫妻の家は居心地が良く滞在は予定より長引いた。二人は庭仕事を引き受け、雑草を抜き、花壇にはパンジーを植え、それからヒヤシンスの球根を埋めた。今では庭鋏《にわばさみ》も握れなくなっていたUの妻に代わって、二人が花壇を彩ったのであった。

夕暮れどきになると仕事を終えた大工たちが食料や日用品を届けに来る。彼らは馬房で昔なじみの驢馬と触れ合い、一日の疲れを癒すようにしていた。丁寧に身体を洗ってもらっているとき、ナカタニも大工たちとの再会を喜んでいるように見えた。

みつるとことみは彼らに気に入られ、その勇気と行動力を賞讃された。二人はいつも大工たちの後ろをついて回り、ナカタニの世話の仕方を学ぶ意欲を見せた。彼らも双子を可愛がるあまり、時には建設現場にまで連れて行くことがあった。建物の周りに組まれた足場の上で重い材木を担ぎながら身軽に歩く姿を見ていると、双子は憧れを覚えずにはいられなかった。

棟梁に弟子入りし、大工として生きる道もあったが、双子はやはり旅を続けると決めた。老夫婦や大工たちと過ごすうち、二人は驢馬の飼育について随分と細かい知識まで得られたので、旅への思いは強まるばかりだった。ナカタニとの絆もいっそう深まり、力を合わせれば本当に大地の果てまでも行けるように思えた。

大工たちと一緒に馬房で汗を流し、老夫婦の書斎では家畜図鑑に読み耽り、双子はウマ科の動物の生態について多くを学び取った。ポニーや驢馬の性成熟、妊娠期間、出産の時期、分娩に際しての注意事項、さらには馬と驢馬の交配で生まれる騾馬《らば》やケッティの特徴など、おそらくこの冒険に役立つことはないであろう知識まで貪欲に吸収していった。

そして滞在を始めてから一ヶ月と少しが経った頃、二人は旅を再開することにした。夫妻は別れを惜しみながら、旅立つ双子に最後の御使いを頼んだ。かつてつまらない理由からUが喧嘩別れをしてしまったSに、謝罪の手紙を届けてほしいと頼んだのであった。身体のこともありこちらも自由に出かけていくことはできず、和解を実現させるには双子を頼るしかない。みつるとことみは快くその役を引き受け、必ず立ち寄ると約束した。友人はここから遠く離れた町に住んでおり、今でも養豚業を営んでいるという。

こうしてU夫妻とナカタニの二度目の別れが訪れた。出発の日の正午、大工たちはナカタニの足先をバケツの水で洗い、蹄には蹄油を塗ってやった。棟梁は刮削刀を巧みに使い、爪の形を整えていく様子を双子に見せた。手入れが終わると刮削刀は双子のリュックサックに仕舞われた。それは大工たちからの贈物であり、二人に対する信頼の証《あかし》でもあった。

飼育舎から出されることを嫌がるかと思いきや、ナカタニは開かれた視界や蹄と土の接触を楽しんでいるようだった。U夫妻はそれを見て寂しくも思ったが、一度手放した驢馬と再会できただけで満足だった。みつるとことみに任せておけばナカタニは大丈夫、そう確信していたのである。かつては涙を流した大工たちだが、今回の別れで泣く者はいなかった。すべてを双子に教えたのでむしろ清々しい心持ちだった。棟梁の心残りは大工の技術を伝えられなかったことであったが、驢馬の世話に関しては二人に免許皆伝の腕前を認めていた。

U夫妻と大工たちに見守られながら、双子は家の裏、畑の傍の細道をナカタニとともに歩いていった。仕事の合間に大工たちが作ってくれた、牛革製の馬具の金具が時おり日の光を反射した。大工たちはU夫妻を囲んで誇らしげに立っていた。見送る者たちの表情はとても晴れやかだった。

14

親子の手による壁画は完成を迎えつつあった。どの壁を眺めていようと絵や地図記号が土地の様子を想像させ、豊かな夢想へと誘《いざな》うため、双子を待つ時間も決して苦ではなかった。時間を精確に計測する術を失ったことへの恐怖も和らぎ、親子は日々満ち足りた気持ちで壁を見つめていた。

「君子」は懸命に描いてきた「故郷」を眺めては身体が自然と熱を帯びてくるような幸福

に浸り、そこで友人たちと駆けまわる自らの姿を思い描くのだった。天井から床へと流れる川は確かに水の音を響かせており、泳ぐ鯉たちの背が見えたり消えたりする様子までが心に浮かんだ。「君子」は想像力の世界に遊び、記憶の底に潜りつつベッドに身を横たえ、新しい着想が生まれてくるのを待った。やがてふと起き上がると、釣りに耽る老人たち、ぐにゃりと曲がった棒人間たちを川のほとりに描き込む。

写実的な昆虫や魚とは対照的に、「君子」が町に住まわせる人間たちは極めて抽象的に描かれた。その多くは棒人間であり、釣りを楽しむ老人であれば衣服と帽子、それに釣り竿などの持ち物を除いてしまうと、途端に個人としての特徴は消失する。

いつの間にか、象形文字のような人間たちが壁中至るところを闊歩するようになっていた。「故郷」、ペンションの周り、転校した双子が住んでいたと思われる町、さらには天井にまで、「君子」は無数の棒人間たちを描いた。ハンミョウやシオヤアブなど過度に大きく描かれた昆虫を棒人間の一団が取り囲んでいる光景は、ナウマンゾウやマンモスを狩っていた祖先たちの姿を思わせた。部屋はすっかり象形文字たちの踊る太古の洞窟と化していたのである。

「君子危うきに近寄らず」はペンション周辺を描き切り、自分たちがどういった状況にあるのか、どうすればこの危機から脱して故郷に帰ることができるのか、壁を見ればひと目で理解できるようにした。およそ越えられそうにない渓谷には橋が掛けられ、意地の悪い人々の潜む土地の近くには善良な棒人間たちの住む町が拵《こしら》えられた。今では自分たちより双子のことを気遣っており、驢馬に跨がって天井を通りさえすれば、ペンションまでは安全に来られるように描かれていた。

さらに、親子は壁だけでなく自分たちの身体にも地図記号を描くようになっていた。「君子危うきに近寄らず」と「君子」は半裸になり、サインペンで互いの皮膚に地図を描くことすらあった。背中にはまるで血管の如く鉄道や送電線が走り、家々が立ち並び、発電所、変電所、工場、港などが建造されていった。皮膚への地図記号の出現は二人を大いに勇気づけた。ベッドに横たわり身体を伸ばしていると、部屋のなかに溶け込み、壁に描かれている世界の一部をようやく占められたように思え、安心感がこみあげてくるのだった。

「君子」は決して弱音を吐かなくなっていた。彼は「故郷」を独力で完成させ、その一部となれた成果を嬉しく思っていた。眠りに就こうとするときにも、徐々に覚醒に至ろうとしているときにも、孤独を感じることはない。左手の甲には父の考案した発電所を表す記号が書かれていたため、自分の起床は町の目醒めに等しく、南瓜スープを飲み干すことは町に電力を供給することに等しかった。

こうして親子は苦労してつくりあげた世界に自分たちを描き込むのに成功し、双子との繋がりを獲得したのであった。皮膚にも地図を描くようになってからというもの、双子の到着を待っているという思いすら薄れ、いつだって双子とともにあるかのように感じられていた。

しかしオーナーの配下たちは壁画の完成を快く思っていなかった。白髪の老人は部屋に入るたびに唾を吐くのをやめなかったし、小太りの中年も、義手をつけた中年も、それぞれの仕方で親子を責め立てた。食事を運び込む時間以外には現れなかったが、小太りは消しゴムや洗剤をつけたスポンジを食事と一緒に持ってきて、食べ始めた親子に、こんなものはいつだって消せるんだからな、と脅しをかけさえした。すると「君子危うきに近寄らず」は皿を放り出し、息子のためにもどうか消さないでほしい、と懇願するのだった。小太りは必死に頭を下げる様を見て喜び、この通りおまえの父親は俺の意のままだぞ、とでも言いたげな表情で「君子」の方を見る。そして口笛を吹きながら配膳盆を持って部屋から出ていく。青年の配下だけが変わらず無関心な様子を貫いていた。

15

双子は幾日も歩き続けた。ナカタニに荷物を負わせ二人で両脇を歩くこともあれば、一方がナカタニに跨がりもう一方が荷物を持つこともあった。二人は両親とU夫妻からいくらか現金をもらっていたが、大切にとっておこうと決めていたので、寝袋に包《くる》まり公園や空き地で夜を明かした。

あるとき花売りの女性が近づいてきて、驢馬を撫でさせてほしいと双子に頼んだ。快諾し好きなだけ撫でさせると、女性はお礼にと植物の種が詰まった布袋を三つもくれた。それから彼女は言った。

「これはね、とっても丈夫な植物の種なんです。たとえ石の上に落ちても、一度は鳥に啄《ついば》まれても、長いこと雨が降らなかったとしても、なぜだか必ず発芽してしまいます。幸運にも土まで辿り着き、どこからか水分を得て、たくましく生長を遂げるのでしょうね。そして瞬く間に何十という果実を実らせます。さあたっぷり持っていってください。旅する人にとってこれほど頼もしい種は他にありませんから」

それからというもの双子は花売りの言葉について考え続けていたが、ある日ことみがその意味を理解するに至った。

「なあんだ、簡単なことだったのよ！　要するに、道に播《ま》きながら歩きなさいって言いたかったのね。播きながら歩けば目印になって自分たちがどこから来たのかわかるし、いざというときには引き返せる。そういうことじゃないかしら?」

みつるはことみの推察に納得し、一言だけ付け加える。

「それに、果実が実るなら帰り道は食べ物に困らない」

白い種を播きながら歩くうち双子は湖のほとりに着いた。U夫妻の家に行くために越えた湖より大きく、鉄橋などは掛かっていなかった。Uの友人Sは湖の向こう岸に住んでいる。橋が掛かっているものと期待していたので当てが外れてしまった。だが迂回するために引き返すのは嫌だった。目の前の湖さえ越えてしまえば目的地には難なく行ける。みつるもことみも恨めしげに水面を眺めていた。ナカタニはあちらこちら嗅ぎ回り、嘶きをあげては蹄で草花を踏み均《なら》している。そして湖に鼻先を近づけると夢中で水を飲み始めた。

間近で観察しながらことみが言った。

「ナカタニがぜんぶ飲み干してくれたら歩いて向こうまで行けるのに」

「ナカタニが信じられないほど大きくなればそれも可能だろうけど、そうなれば背中に乗って渡った方が早いだろうな。湖なんてひと跨ぎで越えられるくらいに大きくなってくれたら、僕たちは蚤みたくしがみついて旅を続けるんだ」

そう言うとみつるは荷鞍からリュックを下ろし、水筒を取り出した。すぐさま喉を鳴らして飲み始める。ナカタニもその横で湖水を飲み続けている。ことみも水筒を受け取り、ナカタニの飲みっぷりを眺めながら飲んだ。

日が暮れようとしていた。太陽は地平線の彼方、山並みの向こうへと隠れようとしている。みつるとことみは夕陽の映る湖を見つめた。二人は燃えあがるような橙の夕焼けのなかに、かつて保育園で目にした炎が揺らめいているのを見た。小学校に上がってからというもの、このように感覚を共有することは滅多になくなっていた。久しぶりの体験に心は躍り、双子は目の前に広がる油彩画の如き風景のなかに、ナカタニに跨がって突き進んでいきたいとさえ思った。

16

扉が開かれ四人の配下たちが部屋に入ってきた。不意に起こされた親子はともに布団を顔まで上げ、必死に光から逃れようとする。まだ眠りの温かな泥のうちに囚われており、配下たちの声は二人の頭蓋にくぐもったように響く。

「起きやがれ！　二人とも今すぐベッドから下りるんだ！　トイレにでも籠っているとい

い、少しばかり時間がかかるからな！」

そう言うなり小太りの配下は親子の布団を剝ぎ取ろうとした。父親も息子も寝惚けていたからこそ、決して手放すまいと毛布を抱き締め、いつも以上に強く抵抗する姿勢を見せた。

義手の配下が二人を見下ろしながら語り始める。

「困ったものだな。ほんの少しでも自由を与えるとあっという間にこうなってしまう。オーナーがおまえたちを置いているのは、おそらくは慈悲ゆえのことだというのに！　これまで無償で住居と食事を提供してきたのが誰だか、忘れたわけではあるまいな？　それにも拘わらず恩を忘れて不満を溜め始める。知っているか、おまえたちが毎晩飲んでいる南瓜スープ、あれを作っているのは他ならぬこの私なのだ！　おまえたちの度外れた恩知らずぶりには呆れるばかりだよ。ところで、個人的な話になるが、現在私は三本の義手を持っている。装飾用と単純な作業用、それに今つけているオーナーのくれた精巧な機械仕掛けのものだ。町工場の事故で右手を失い退職を余儀なくされた私は、藁《わら》にも縋《すが》る思いでこのペンションにやって来た。あの人はそんな私を庭師として即座に採用してくれたばかりか、この義手までプレゼントしてくれたのだ。あの贈り物、朝早くに届いたこの機械仕掛けの義手をきっかけに、私は利き腕を使う楽しみを思い出し、それまで塞ぎ込んでいたことも忘れ、庭仕事に留まらず洗濯や厨房の仕事まで率先して手伝うようになった。そして今では庭師と調理師、二つの仕事をこなしている。現在の私があるのは、失ったものを再び手にするため、欠けているものを補うため、出遅れた分を取り戻すため、失敗を帳消しにするため、過去を生き直すためだとか、そうしたことに時間を費やしたからではない。現状を受け入れて初めて見出すことのできる活路、その入り口まで辿り着いたからこそそなのだ。それに対しておまえたち二人はどうだ？　恵まれた環境を当然のものと思い、ありもせぬ過去と戯れ、あれこれと思い描き、挙げ句の果てに双子か何かを心待ちにしていると聞く！　日がな一日、亡霊との遊戯に耽っているだけではないか！　確かに、この部屋でできることなど限られている。退屈かもしれん。しかし、だからといって私たちの手を煩わせることはないだろう。壁一面に地図を描き、わけのわからぬ動物どもも昆虫どもを徘徊させ、いったい何様のつもりなのだ？　ここはあの人の同情によって与えられた空間であり、おまえたちが絵描きになるための場ではない。有り余る時間がおまえたちをさらにおかしくさせたのだろうが、今では芸術家気取りときている。理念も原則も掲げることなしに、ただ思いつくがままに不確かな記憶と空想でもって壁を汚し、その後始末を私たちにさせようとしているのだからな！　入念に選び取られた形式も見当たらなければ、立脚すべき現実さえ崩れかけている。それで何かを成し遂げられると思っているのか？　冷たい規則を設け、自らの熱をあえて抑制することなどは思いつきもしない。創造のための拠り所、原点もなし、必然性もなし、切実さもなし、それはまだいいとして、問題は、それを仮構する勇気も遊び心も持ち合わせてはいないということだ！」

親子は半醒《はんせい》の状態でそれぞれ苦しげに寝返りを打った。義手の配下が言っていることは理解できなかったが、四人が同時に部屋に来るなどこれまでに一度もなく、それが凶兆であることは確かだった。

小太りは義手の配下をなだめるため、そして親子に釘を刺すために言った。

「いや、あまりに買い被りすぎているよ！　実際のところは、こいつら親子はなんにも考えちゃいないだろうに。子供とおんなじさ！　何事かを成し遂げようだとか、立派な作品を完成させようだとか、芸術家気取りでいっちょやってやろうだとか、こいつらがそんな志を持っているわけないだろう？　本気でそう思っているのか？　いやはや、馬鹿馬鹿しいにも程がある！　いいか、こいつらはな、父親と息子なんかじゃない、赤子と赤子、裸のばぶうばぶうと裸のばぶうに過ぎないさ！　部屋を汚さずには飯も食べられない、それだけのこと！　ばぶうばぶうどもは永久に昼寝でもしていればいいんだ！　スープと鶏肉で満腹になると安心しちまって、あたり構わずうんちするみてえに絵を描き始めやがる！　くたばってくれ給えってやつだわな！　おお、まさに実際、そうに違いねえわな！」

そう言うと小太りの配下は持っていたバケツを床に置いた。白髪の老人は鬼の形相で壁を蹴り始め、「故郷」に足跡をつけることに熱中していた。「君子」は完全に目を醒まし、状況を見て取るや否やすっかり怯えてしまった。

狭い室内に四人の配下が立ち、話し合っている姿を見るのは初めてだった。いつもなら一人、多くとも二人で食事を運んでくるため、部屋のなかにこれほどの大声が響くことはなかった。まるで獰猛な獣たちに囲まれているかのようであり、「君子」は縋るように青年の方を見た。青年はその無関心さゆえ自分の味方であると思っていたのである。だが、その日は時間外の労働に苛立っているのか、彼も不機嫌そうな様子で立っている。やがて老人が仕事の準備を促した。

「さあさあ、朝が来るまでに終わらせるとしようや！　二人が部屋中に撒き散らし繰り広げた悪夢みてえなやつを、徹底的に塗り潰して見えなくしてやるんだ！　こんなことならもっと早く消しにかかるべきだった！　なあ、そうだろう？　こりゃ随分と骨の折れる仕事になりそうじゃないか！　無理矢理にでもペンを取り上げてしまうか、両腕を縛り上げるかするべきだったのかもしれんなあ！　どこまでも憎たらしい親子だよ！　まさか最初からこの老骨に鞭打つつもりで描いていたんじゃあるまいな？　この大掃除を予想して？　おい、さっさと起きやがれと言っているんだ、仕事の時間だ、しばらく向こうに行っていろ！」

　青年は仕事開始の合図とともに廊下に出ていき、銀の缶を部屋に運び込んだ。小太りと義手はバケツの傍にしゃがみ込み、青年から受け取った缶の蓋を次々開けていく。たちまちペンキの刺激臭が部屋に充満し、親子は毛布で鼻孔を守らねばならなくなった。小太りと義手はペンキ缶をバケツに空け始め、老人は現場監督さながらにその作業を見守っている。青年は空になった缶を廊下に運び出し、代わりに刷毛《はけ》とブルーシートを持ち込んだ。

　ペンキの臭いに耐えかねて「君子危うきに近寄らず」が上体を起こした。彼は今にも与えられようとしている罰に対して抗議すべく声をあげる。

「なぜそんなことをするのですか？　なぜこんなにも急に現れ、何から何まで終わりにしようとするのですか？　それではいくらなんでも理不尽というものです！　ええ、もちろんわかっていますとも！　確かに私たちは勝手な真似をしすぎたのかもしれません。描くのに夢中になるあまり、取り返しのつかぬほど壁を汚してしまったことも事実です。ですが息子の気持ちも考えて頂きたい！　私がこの部屋に監禁されてから、そして息子が運び込まれてから、いったいどれほどの時間が流れたのでしょう？　いつだってあなたたちは、息子の問いかけを無視するか嘲笑するかのどちらかです。決して答えてはくれません。何度聞いたところでまったく真面目に取り合ってくれません！　信じられないほどの年月が過ぎ去りました！　毎日の食事と寝場所があることには感謝するべきなのでしょう。しかし、このような暮らしを強いて息子の青春を奪い尽くし、さらには絵を描く楽しみさえ取り上げるというのは、さすがに残酷すぎるのではないでしょうか？　壁を汚すこと、双子を待っていること、そういったことのすべてにお怒りになるのはわかります。とはいえ、思考すること、想像すること、食事すること、排泄すること、就寝すること、それ以外には何ひとつ許されていない空間でその自由さえ殺しにかかるとは、本当の殺人を犯すことと何ら変わらぬように思えるのです！　どうか地図を消すのだけはご勘弁願いたい、私は父として息子を守らなければなりません！」

銀の缶をすべて運び出し、部屋に戻ってきた青年が言う。

「そんなことはどうでもいい！　あなたたちはいくらなんでも汚し過ぎたんだ。これじゃ僕たちが叱られるかもしれないじゃないか。もちろん今のところは許されているさ。オーナーから消すように指示されたわけでもない。でもね、知っていると思うけれど、あの人はとても気まぐれなんだ。突然馘《くび》を宣告されないとも限らない。あなたたちのせいでこの仕事を失うだなんて、考えただけでも恐ろしい！　別の仕事が都合良く見つかるとは思えないからね。若い僕でさえ不安なんだから他の三人はもっと必死さ。申し訳ないけれど、もうこの地図を見過すことはできない」

バケツには縁すれすれのところまで黒いペンキが溜まっていた。四人はそれぞれ刷毛を握り締めている。ブルーシートを一枚床に敷き、もう一枚をテープで窓に貼りつけると、残りの二枚を使って親子もろともベッドを覆った。

「お願いです！　どうかこの地図は残しておいてください！」

ブルーシートの下から這い出して父が叫びをあげると、息子も泣きながら作業の中止を嘆願した。彼もブルーシートの下から顔を覗かせている。

「せっかく描いたんです！　いろいろ思い出して、いろいろ考えて、休まずにせっせと取り組みました、精一杯頑張りました！　どうか消さないでください！　毎日指が痛くなるまで鉛筆を握っていたんです！」

しかし願いは聞き入れられなかった。最初に小太りの配下が刷毛をバケツに突っ込み、固まっていた毛をほぐし、たっぷりペンキを吸わせ、天井に向かって力の限り振り上げた。たちまち天井には黒い稲光が走り、描かれていた双子の足跡をかき消した。ペンキの雨が降り注ぎ、配下たちと親子はそれをまともに浴びることになった。老人も刷毛をペンキに浸すと大袈裟な動作とともに「故郷」に襲いかかる。

「君子」の描いた昆虫たちは黒い夜に飲み込まれ、立ち並んでいた建造物も見えなくなった。ある棒人間は身体を失い、またある棒人間は頭部を失った。「君子」の泣き叫ぶ声が響き、「君子危うきに近寄らず」は思わず耳を塞ぐ。そしてブルーシートの下に逃げ帰る。息子を勇気づけるために始めたことが結果的には最悪の事態を招いてしまった。耳を塞いで目を瞑っていようと、ブルーシートにペンキの飛沫の飛び散る音は容赦なく聞こえてくる。

「君子危うきに近寄らず」は声を嗄《か》らして叫ぶ。

「どうか許してください！　どうか、どうか、どうか！」

すぐに義手の配下の声が返ってくる。

「だめだ、静かにしていろ！　なぜ当然の報いだと思えないのだ？　理念もなし、確固たる意志もなし、すべてくだらぬ落書きでしかない。こんな絵で私たちの手を煩わせるとは、どこまでも見下げ果てたやつらだな！」

刷毛を壁に叩きつけながら、小太りの配下も怒鳴り散らす。

「大人しくその青いのに包《くる》まっていろ！　シーツを洗うのは俺たちなんだからな、一生懸命ベッドが汚れないように守っておけよ！」

青年の配下は「君子」のベッドにゴム長靴を履いたまま立ち、黙々と「故郷」の辺りを塗り潰している。老人は罵声をあげながら刷毛を振るい、嗜虐《しぎやく》的な喜びに身を委《ゆだ》ねている。

青年と老人は二人がかりで「君子」の思い出を破壊しにかかり、生物無生物を問わずして町からは徐々に物が消えていった。描くのにかかった時間よりも遥かに短い時間で一切は壊滅に向かった。「君子」は自らの記憶も蝕《むしば》まれ、壁とともに黒く塗られていくように感じていた。一度はしっかり手繰《たぐ》り寄せ、壁に定着させておいたはずの過去が再び失われてしまう。父との楽しかった共同作業の痕跡も、右手の中指にできたペンだこを除けば何ひとつ残らないだろう。

部屋の外に出ていた小太りの配下がモップを担いで戻ってきた。天井を本格的に塗り潰すつもりなのだろうか。「君子危うきに近寄らず」はブルーシートの下から外の様子を窺っていた。天井にはまだいくつか双子と驢馬の足跡が残っている。かつてはしばしば寝転がり、プラネタリウムを楽しむようにして天井を眺めたものだった。双子の旅路が自分たちの運命を決める以上、古代の占星術師の如く星々の運行を観察していたのは当然のことである。

これ以上天井を汚させてはならない。「君子危うきに近寄らず」は最後の戦いを始める瞬間を見計らっていた。「君子」も時にブルーシートから這い出していこうとしたが、そのたびに老人が刷毛で頭を叩いてやるぞと威嚇するため、急いで逃げ帰らざるを得なくなる。

モップにペンキを吸わせている老人の背中を注視していたため、青年が窓に近づいていることには気づかなかった。青年は窓を汚さないように、ブルーシートがきちんと貼られているかどうか確認していたのである。確認を終えると、彼は直ちに五つの楕円を消滅させにかかった。

青年の身体に遮られ、「君子危うきに近寄らず」は作業の様子を覗き見ることができなかった。刷毛が壁の表面を滑る音だけが聞こえてくる。彼は外側から順に楕円が潰されていく様を思い描く。山岳地帯が、半砂漠地帯が、平原が、町が、森が、そして最後にはペンションが、光のもとを逃れ夜のなかへと消えていく。ペンションを中心とする構造が崩れたせいで、双子と驢馬が向かってきているという確信も心許《こころもと》ないものとなる。

老人はモップを天井に向け始めていた。ペンキが床のブルーシートに落ち、ぼたぼたと音を鳴らす。双子と驢馬の足跡を守りたいのか、あるいは息子のためを思ってすることなのか、もはや何もわからずに怒りと嘆きの叫びをあげ、「君子危うきに近寄らず」は老人に突進していった。

数秒のあいだ揉み合いになったが、すぐに残りの三人に引き剝がされ、羽交い締めにされてしまった。恐怖のあまり「君子」は声を殺し身を震わせていた。「君子危うきに近寄らず」は何度かモップで殴打され、その身体に痣《あざ》とペンキの染みをつくった。

宣言通り、朝が訪れる頃には作業は終わっていた。徐々に明るくなっていく外界とは対照的に、親子の部屋は暗闇そのものとなっていた。配下たちはブルーシートを畳み、ゴム製の長靴を脱ぎ、刷毛の入ったバケツとモップを持って部屋から出ていった。

第二部

1

ブラシの柄《え》をしっかりと握り、全身の汚れを落としていく。緑色の毛に擦られて豚も気持ち良さそうに目を瞑る。双子がSの豚舎で働き始めてから早三年が経とうとしていた。手紙を届けて少し手伝いをしたら去るつもりだったにも拘わらず、仕事の楽しみが時の経過を忘れさせてしまっていた。U夫妻の家で習った驢馬の飼育法は家畜一般に適用可能であったため、豚の世話ができるようになるまでそう長くはかからなかった。歩きながら播いてきた種も湖の周りで芽吹き、今ではしなやかな若木へと生長していた。硬い棘で身を守っていることから、それが柑橘系の植物であることがわかる。

十四歳になったみつるとことみは長靴を履き、豚小屋でそれぞれの仕事をこなしていた。ことみは前述の通りブラッシングを、みつるは便所を水で流し竹箒で掃いている。新入りの豚はどこに便をすべきか迷ってしまうが、食堂と寝室の場所を覚えると残りの場所が便所だと理解する。豚たちはとても綺麗好きでみつるを感心させていた。寝床に敷かれた藁を清潔な状態に保っているだけでなく、彼らは藁を噛みよくほぐし、自分の布団がいつでも柔らかくあるように気を配ってさえいるのだった。

みつるは便所の掃除を終えると竹箒を壁に立てかけ、餌遣りを始めることにした。離れたところにある小屋ではナカタニがしきりに嘶いている。彼はナカタニの世話をする前に午前の仕事を終わらせてしまおうと考えた。物置に入るとさっそく一定の比率で野菜を混ぜ合わせ始める。さつま芋、馬鈴薯、ぬか類、ふすま類、大豆かす、魚かす、挽砕《ばんさい》大麦がバケツのなかで掻き混ぜられ、カルシウム粉末と食塩がそこに加えられた。Sの養豚場では配合飼料ではなく自分で調合した餌を与えていたのである。

みつるが出来上がった食事をバケツから飼槽に流し込んでいるとき、ブラッシングを終えたことみはナカタニの餌遣りに取りかかっていた。木製の餌鉢に干し草と人参を入れて小屋まで運んでいく。ナカタニは窓の近くに寄りそこからひょっこり頭を覗かせる。ことみが人参の葉を鼻先で揺すると、匂いを嗅いでからぱくりと食らいつく。ことみは小屋に入り、持ってきた木製の持ち運び用の鉢からコンクリート製の鉢へと中身を移す。ナカタニは床を嗅ぎながら近づいてきて干し草を食べ始める。

ことみはナカタニがしたように窓から身を乗り出し、外の様子を眺めた。草木の緑と空の青みは、やがてそこに帯びるであろう真夏の熱気を期待しているかのようだった。目を凝らしてみると、夏椿の白い花のなかを小さな蟻たちが這っている。黒い粒が花の内から外へと消え、また花弁の表側に戻ってくる。中心にある黄色の雄しべを目指して進み、そのなかに見えなくなることもある。雄しべに分け入り蟻が姿を隠したときでさえ、ことみには彼らの蜜を吸う様子が見えていた。間もなく訪れる夏とすでに過ぎ去った春の間を流れる時間、その時間に寄り添うようにして吹き抜ける風、それらすべてが夏椿の一雫《しずく》の蜜、小さいながらも花弁の白みを映している透明の半球のうちに凝集し、いま一匹の蟻に飲み干されようとしている。

満ち足りた気持ちで目を瞑りことみは深呼吸する。働き蟻は変わらず蜜を求めて這っている。少女が吸い込んだ息を徐々に吐き出しているとき、百の花のなかで千の蟻たちが同じ陶酔を味わっていた。再び目を開くとみつるが近づいてくるのが見えた。みつるはことみの様子を見てその胸のうちを察した。彼も小屋に入っていき、草を食むナカタニの脇腹を撫でてから、ことみと一緒に窓から身を乗り出す。先程までことみの眼差しが注がれていた風景を眺めつつ、みつるも花弁の裏で鳴っている蟻たちの足音に耳を澄ました。それは目には映らぬほどに小さな雨粒の跳ねる音のようであり、そしてまた夏椿の蜜を炭酸水の如く涼しげなものとする、無数の気泡の順々に割れていく音のようでもあった。

双子は同じ窓枠に身体を預け、想念と想念を、樹液の流れる枝と枝をそうするようにして絡み合わせていた。どれほど時が流れようと双子は双子のままだった。二人は豚舎の仕事を通して時に一体となり、こうして問いと宿命を分かち合っていた。

正午が訪れようとしていた。二人はナカタニを愛撫すると小屋から出ていった。仕事道具を物置に片づけて、Sの家に戻ることにした。Sが昼食の用意をして待っている時間だった。午前の仕事は双子が、午後の仕事はSが担当するという暮らしを続けており、双子は大人と同じほどの賃金をもらっていた。いつかまた旅立つために貯金をしていたが、この日、旅の再開が思わぬかたちで決定される。

Sはトマトと鶏肉のカレーを食べながら申し訳なさそうに、自営業をしていた息子が店を仕舞い、養豚場を継ぐために帰郷してくるのだと言った。息子とその家族が移ってくるため、双子の部屋も遠からず空けなければならないようだった。みつるとことみはカレーを食べて腹を満たすと、これまで本当にお世話になりました、今月中にはここを出て旅を始めます、などと笑顔で答えた。

　二人がいなければ養豚場の経営は維持できなかっただろうと言い、Sは感謝の気持ちを示すために、ささやかな退職金を手渡した。ほとんど手をつけていない三年分の給与と退職金、それに両親やU夫妻から受け取った小遣いを合わせれば、子供二人の身には余るほどの大金があった。

　双子はまだ旅の目的地を決めていなかったが、Sが興味深い噂話を聞かせてくれた。昼食を食べ終えると熱いコーヒーを淹れ、食卓に地図を広げてSは語り始めた。

「雇ってくれる人がいないかどうか同業者たちに聞いてみたんだが、いや、実に多くの者が名乗りを上げたよ！　本当だとも！　誰もが二人を欲しがったんだ！　その若さでこれほどの知識を持ち、かつ勤勉に仕事をこなせるとは、まさに畜産業界きっての有望株だからね！　また旅に出てしまうとは何と勿体ないことか！　しかし諦めるしかないようだね。私も馬鹿息子など突っぱねて、みつるくんとみちゃんを跡継ぎにしたいところだが、そういうわけにもいかないいんだ。いわゆる家族の絆ってやつがある。もちろん二人のことだって家族のように思っている。だから何かあればすぐに戻ってきて、いつでもうちで休んでいってほしい。Uの家に行くのもいいだろう。私は、そしておそらくはあいつも、この先いつだって二人の味方でいるつもりだよ。この養豚場で身につけた技術が身を助けてくれることもあるだろう、私はそう信じている。ところで、その技術とも関係があるんだが、真摯に豚を飼育する者としてひとまずこの建物を目指してみてはどうだろう。噂によるとここでは人を豚のように閉じ込めて、いや、それより遥かに劣悪な環境に置き、耐え難い暮らしを強いているという。私も詳しいことは知らないが、信じられない非道がまかり通っていて、一文の価値もない畜獣のように蹂躙されている人々がいるらしい。人間が家畜と間違えられて飼育されているのか、それとも故意に虐待が為されているのか、さらには本当にそんな悲劇が演じられているのかどうかさえ定かではない。私たち養豚業者の間で噂が囁かれているだけなのだ。だが噂が真実であるならどうにかしてそこにいる人たちを助け出さねばなるまい。人間を飼育するなどあってはならないことだし、適切な飼育環境を用意できないのならば動物を飼うのだって許されないのだ！　豚を正しく飼える者を代表して、二人で様子を見に行ってきてくれないか？」

Sの話に耳を傾けながら、双子は瞳を輝かせ、旅に目的が生まれたことによる昂揚に燃えていた。これまでの道は旅をしたいという情熱のみに彩られていたが、この瞬間、通り過ぎてきた地点と地点は互いに線で結ばれ合い、二人の心のなかに、そして現実の大地の上に、星座を形成し、いずれ辿り着かねばならぬ目的地の位置までを示していたのである。

二人はそれから二週間ほどを養豚所で過ごし、豚の世話をしながらも着々と荷造りを進めていった。

2

黒く塗り潰された天井はかつてのようには夢を見させてくれず、双子と驢馬の足跡も、至るところにいた大手を振るって闊歩する棒人間たちも、すでに跡形もなく消え失せていた。

町が消されるとともに自分たちも死んでしまったのであろうか？　親子は代わる代わる自らにそう問いかけ、そのたびに問いかける声の主の存在、自分自身がまだ生きているという事実を認め、ほっと胸を撫で下ろすのだった。

黒い直方体の内部に閉じ込められ、「君子危うきに近寄らず」は息子を以前ほど気遣えなくなっていた。「君子」のために描いていた地図は、いつの間にか彼自身の生き甲斐にもなっていたのである。すべてを奪われ失意の底に落とされた結果、彼はベッドの上で干し草に横たえられた案山子《かかし》の如く沈黙を貫いていた。

その一方で「君子」は父より深く傷つき、いつも枕を涙と洟水で汚していた。それだけでなく、時には「故郷」の描かれていた箇所に耳を押しつけ、死者たちの声に聞き入ることさえあった。そうした我が子の姿を見ても「君子危うきに近寄らず」は慰めることができず、服喪の期間は一向に終わる気配を見せなかった。

以前は双子の到着を心待ちにしていたが、今では二人とも彼らが実在するとは思っていなかった。双子の足跡が塗り潰されたとき、そうした確信もまとめて根こそぎにされてしまったのである。

ある夜、またはある朝、「君子」は久しぶりに父に問いかけた。

「父さん、まだ起きてる?」

「君子危うきに近寄らず」は布団に潜り込んだまま返事をした。

「起きているよ。どうかしたのかい?」

「何だか急に怖くなって眠れなくなっちゃった」

布団越しに声を聞かせるだけでなく、ちゃんと顔も見せて安心させてやらなければと思い、「君子危うきに近寄らず」は毛布を押しのけた。

「随分と不安そうな顔をしているじゃないか。ほら、何でも話してごらん」

「こんなこと、父さんに言っちゃだめだと思うんだけど」

「何を言っているんだ、今さら水臭い。何でも言ってみなさい」

「でも、これを言ったら、ぜんぶ壊れてしまうような気がするんだ」

息子の真剣そうな様子を見て、「君子危うきに近寄らず」はベッドに座る。

「どうやら一人で悩み続けていたようだね」

「君子」もベッドに腰掛け、父と膝を突き合わせた。

「じゃあ、言うからね」

「ああ、言ってごらん」

「父さんは、本当に僕の父さんなの？」

予想だにしない質問だった。もともと「君子危うきに近寄らず」を父として求めたのは「君子」の方であり、確かにこの質問は二人の関係を根底から覆しかねないものであった。しかし彼は父の威厳とも言うべき平静さを保ち、息子に語りかける。

「そうだ、父さんは父さんであり、そしておまえを産んだのは母さんだ」

「でも、父さんは母さんの顔も覚えていないじゃないか」

「君子」はこれまでにも心に浮かんできては消えていった疑問を、ここぞとばかりに発してみせた。

「なあ、君子、おまえは母さんの顔を覚えているんだろう？　昔はその隣に父さんの顔があったことも覚えているはずだよ」

「君子危うきに近寄らず」は注意深く言葉を選びながら言った。この部屋で自分の素性を確かなものとしてくれるのは息子の言葉だけであり、今さら彼の記憶から閉め出され、暗闇のなかに取り残されてしまうのが恐ろしかった。

「地図が消えてから、それすら怪しくなってきちゃったんだ。母さんの顔もぼやけてきちゃってね。いつか僕も父さんみたいに何もかも忘れてしまうのかもしれない。そう思うと怖くて仕方なくって、ぜんぜん眠れないし、眠れたとしても悪夢ばっかり見ちゃうんだ」

「大丈夫、落ち込む必要なんてない。忘れっぽくなることだって、怖い夢を見ることだって、多かれ少なかれ誰にでもあるんだから」

「君子」は父の言葉を遮り、震えた声で言う。

「帰るところがなくなっちゃったよ。ねえ、僕はどうしたらいいの?」

泣き出しそうな声を聞き「君子危うきに近寄らず」は胸を痛めた。ここまで追い詰められているとは思ってもみなかった。もっと息子を思い遣って然《しか》るべきだった。また地図を描けるようになるまで、いったいどれほどかかるのだろうか。それともあれほどの自由はもう二度と与えられず、二人ともここで静かに老いて死を迎え、ひとつの痕跡も残すことなく消えてしまうのだろうか。

「君子危うきに近寄らず」は自分と息子を励まそうとした。

「君子、あんまり自分のなかを見つめすぎてはいけないよ。きちんと論理立てて考えていけば答えが与えられるような問題ばかりではないんだ。心配しなくていい。いずれ何もかも思い出すに決まっている。ところで、疑いを向けるべきは部屋のなかではなく外の方だと思うんだが、どうだろう？　つまりね、部屋のなかにいる私たちの関係、親子の絆は、やっぱり確かなものだと思うんだ。何を忘れてしまおうと父さんは父さんだし、おまえは自慢の息子だ。母さんともいつか再会できるだろう。双子なんていなくたって父さんが何とかしてみせる。それよりも、怪しいのはこの部屋の外、というより部屋をその一部としているペンション自体の方じゃないだろうか？　これはあくまで仮説に過ぎないけれど、父さんはこの施設が刑務所か精神病院の類いではないかと思い始めたんだ。何かの間違いで親子揃って幽閉されたと考えれば、いろいろと辻褄が合うじゃないか」

父の提起した仮説は「君子」には興味の持てないものだった。この建物が刑務所であろうと精神病院であろうと、それはどうでもいい。自分自身が誰であるのか輪をかけて曖昧になってきていること、一緒に暮らしている男がひょっとしたら父親ではないかもしれないこと、自分を産み落とした母親が今にも記憶からその姿を消そうとしていること、それらの方が遥かに深刻な問題だった。

抱えている不安の違いゆえ会話は徐々に嚙み合わなくなった。やがて「君子」は眠りの深みに沈み、そこで稚魚となって自由気ままに泳ぎ、しばらくすると水のなかに溶け去った。次に浮かび上がって目を醒ましたとき、彼はもはや父を父とは思えなくなっていた。眠りの入り口と出口の間で掏《す》り替わり何か別の魚に変わってしまったのだろうか。あるいは水底から慌ただしく浮上しようとするあまり、持ち帰るべき荷物を取り違えてしまったのだろうか。彼は「君子」という名さえ厭《いと》わしく思い、いっそのこと「虎穴に入らずんば虎児を得ず」と「虎児」にでも改名したらいいのではないか、とまで考えるようになった。

3

出発前夜、双子は体調を崩した豚に寄り添って夜を明かした。朝になると豚は元気を取り戻し、S、みつる、ことみの三人は肩を抱き合って安堵した。豚コレラ、豚丹毒、あるいは豚パラチフスなどといった病を患っていたわけではなかった。

夏の夜明けの涼気に包まれ、双子はナカタニを間に挟んで歩き始めた。二人の運動靴が砂利を弾く乾いた音と、ナカタニの蹄が地面を踏むときの湿り気を帯びたような音が、それぞれのテンポを守って規則正しく響いていた。

幾本もの木々を後方に見送りながら、二人と一頭は養豚場から遠ざかっていった。Sが丘の麓《ふもと》の民宿を十日ほど取ってくれたので、二人はそこで旅の計画を練ることにした。狭い小屋から自由になり、ナカタニも楽しげな様子を見せている。時おり足を止めては頭を振り、土や草の匂いを嗅ぐ。荒々しく鼻を鳴らし、緑の葉を食み、いかにも描写し難い声で嘶いたりもする。

みつるは布袋から種を取り、道に播き始めていた。三年前に播いた種はすでに小さな木となっており、所々にそれが散見された。双子はそれがオレンジの木であると考えていた。ナカタニは棘を恐れているのか、柑橘類の葉には食指が動かないのか、匂いを嗅ぐだけで満足し決して食べようとはしない。

丘を登って養豚場を目指す、当時十一歳だった自分とすれ違うのではないか。そんな思いがことみの心に浮かび、また速やかに消えていった。左右の足を交互に踏み出し、彼女はぐんぐん進んでいく。青々とした梢《こずえ》の葉が風を受け小刻みに身を震わせている。ふと空を見上げると雲がたっぷりと陽光をうちに宿し、黄金色の綿飴であるかの如く、直視できぬほどに照り輝いている。ことみは後ろを振り返り、ナカタニに話しかけているみつるの様子を見た。時は流れ、成長を遂げた自分たちがかつて歩いた旅路に戻っていく。生まれた大河に戻ってきた二匹の魚は楽しげに驢馬の周りを泳ぎ、海へと注ぎ込む流れに身を任せていた。

麓まで下りるとSがくれた地図を広げ、民宿の場所を確認した。そう遠くないところにあったので、双子は代わる代わる綱を引き、自動車に注意を払いながら道を歩いた。養豚所のトラクター以外の自動車を目にするのは久しぶりのことであり、興奮状態に陥ってしまったのか、ナカタニはクラクションに応ずるようにして頻《しき》りに嘶いた。

それでも双子には従順で、骨を折ることなく目当ての宿に辿り着けた。二人はナカタニを前庭に繋がせてもらい、女将から借りたバケツには野菜をどっさりと入れておいた。

部屋に通された双子は床の間の近くに荷物を下ろし、畳に仰向けになった。この朝出てきたばかりだというのに、Sの養豚場で過ごした日々が遥か昔のことであるように思えた。

みつるは起きあがるとテーブルの上のもなかに手を伸ばした。そして包装紙を開きながらことみに語りかける。

「さて、これからどうしようか」

ことみは座布団を二つに折り、枕の代わりにして答える。

「閉じ込められている人たちを助けるんでしょ？」

「うん、旅の目的はそれでいいと思うんだ。でも、地図で住所はわかっているんだし、少しくらい寄り道してもいいいんじゃないかな。遠く離れてはいるけれど、意外とあっさり着いちゃうかもしれないよ」

そう言いながらみつるはもなかを半分に割り、片方をことみに差し出した。ことみは皮のかけらが畳に落ちないよう慎重に受け取った。

「どうかなあ、そんなことまで心配する必要ないんじゃない？　すぐに着いちゃったとしても、また別の場所を目指して出発すればいいと思うな」

みつるはもなかを頬張ると、包装紙を繰り返し折り畳み、徐々に小さくしていった。人差し指の先に乗るほど小さくしてから、彼はことみに答える。

「確かにそうだね。そこにいる人たちを助け出したら、みんなでぞろぞろ旅を続けたっていいんだから。それよりも久しぶりにテントや寝袋で眠ることになるけれど、大丈夫かい？」

「また慣れちゃうから大丈夫」

ことみはもなかをさらに半分に割り、口に入れた。食べ終えてからもしばらく黙っていたが、やがて言った。

「行く前に手紙を書いてみるのはどうかしら？　そもそも噂が本当なのかわからないんだし、前もって確認してみてもいいと思うんだけど」

「うん、僕も気になっていたところだ。女将さんに便箋があるかどうか聞いてくるよ。あと宛て名にここの住所を書いていいのかも聞いておかないと。返事を受け取れないんじゃ仕方ないからね。ことみは書くことを考えておいて」

そう言うと、みつるはもなかの包装紙を捨て、部屋から出ていった。ことみは文面を考えるべくテーブルに向かい、電気ポットで湯を沸かし始める。

4

親子の心の距離は急速に広がっていった。「君子」は「君子危うきに近寄らず」を父と認めなくなり、二人の会話は、かつて一緒に地図を描いていたとは思えないほど少なくなっていた。

このままではいけない、もしも二人が他人同士になってしまったら、もう私には何も残らないではないか。「君子危うきに近寄らず」は親子の関係を結び直すため、「君子」に夕食の南瓜スープを譲ったり、冷え込む夜には自分の毛布を掛けてやったりもした。彼は再び父として息子を気にかけるようになった。

しかしそうした気配りはなかなか実を結ばず、やがて「君子」は一日のうちかなり長いあいだトイレに籠るようになった。「君子危うきに近寄らず」はただひとりベッドに横たわり、天井を見つめて毎日を過ごした。私と同じ空間にいることさえ嫌なのだな、そう考えて気を落としていたが、実際にはどうもそれだけではないようだった。

ある日「君子危うきに近寄らず」が便座に座っていると、目に見えるもののすべてが一変するような、そんな驚くべき瞬間が訪れた。張り巡らされた桃色のタイルがなぜだかとても優しげに映り、その色合いに温かみすら感じられるようになったのである。特定の一点に焦点を合わせずそれらのタイルをぼんやり眺めていると、気持ちに安らぎが生まれ、胸のあたりは熱を帯び始め、指先までが温まっていく。この不思議な心地よさ、日常的な快適さとも激しい快楽とも異なる、この状態はどこから生じているのだろうか。「君子危うきに近寄らず」は努めて焦点を合わせないように心掛け、深呼吸を繰り返し、そうして意識を集中させた。

一枚一枚のタイルの輪郭は曖昧になり、互いの境界を分ける細胞膜のような区切り、格子縞《こうしじま》の目地は溶けてしまった。つい先程までは桃一色だと思っていた色合いに微妙な濃淡があることに気づくと、それらの濃淡の織り成す模様は流動し始め、濃い桃色の水と薄い桃色の水に分化し再び混じり合い、新たな色合いの水となって小部屋の隅々にまで行き渡った。

「君子危うきに近寄らず」は巨大な動物の腸のなかで溶け去りつつある自分、または母胎に還りつつある胎児としての自分をそこに認めた。一度この温かさを知ってしまえば、一面を黒く塗られた部屋になどいられるはずもない。あの部屋で暮らすことは柩のなかで生きるも同然だった。「君子」はこの至福の感覚を求めて長居していたのである。

それからというもの、親子はトイレを奪い合うようにして暮らすようになった。「君子危うきに近寄らず」も寒々とした部屋で天井を見ていることに耐えられなくなり、「君子」が出るのを見計らっては桃色の小部屋に駆け込んだ。父としての心意気はまたも挫《くじ》けてしまったのであった。

そんな父の様子を見て「君子」は苦々しく思っていた。自分の発見した桃源郷に土足で踏み入り、一定時間そこを占領するなど言語道断だった。「君子」は可能な限り長く居座るため、父のノックには耳も傾けなくなった。時間を決めて平等に使おうじゃないか、という申し出さえも拒絶し、彼は日々籠城《ろうじょう》の覚悟とともにトイレに入っていく。

黒い壁の一部となり死んでしまった象形文字たちの声は、眠れぬ夜には「君子」の耳から離れなくなり、もう少し広ければ布団を持ち込みトイレで眠ってしまいたいほどであった。「君子」は死者たちの声から逃れるべく、夜半に目を醒ますと手探りでトイレを目指すのだが、そんな夜に限って「君子危うきに近寄らず」が入っており、絶望のあまり泣きたくなるのだった。父もまた棺桶のなかでの暮らしに疲れ切っていることに、若い「君子」は気づいてあげられなかったのである。

5

返事を受け取ることなく十日が過ぎ、双子は宿を後にすることになった。あまりに荒唐無稽であり返事を書くのも馬鹿馬鹿しいと判断されたのか、あるいは噂が事実であるため内密に握り潰されてしまったのか、そのどちらかであると思われた。幾度かの討議を経て双子は後者の説を支持することに決めたのだが、そもそも手紙は届いていないのかもしれない、という可能性については少しも考えを巡らせなかった。二人とも今から始められる旅への期待に胸を高鳴らせるばかりだった。

「拝啓　炎威しのぎ難く云々、といった書き出しから始めたいところですが、十四歳の私たちにはまだまだ難しい言葉も多く、二人で知恵を絞ってみてもちゃんとしたお手紙は書けそうにありません。ですから少々ぶしつけな言葉で始めさせていただきます。でも、悪く思わないでくださいね。私たちはただ本当のことを知りたいだけであり、こうした真実への意志については誰しも身に覚えがあるはずです。

では、本題に入ろうと思います。私たちが耳にした噂について、それが真実であるのか、あるいは嘘であるのか、どうしてもお聞かせ願いたいのです。養豚所で働いていた頃、あなた、あるいはあなたたちが、施設に人間を閉じ込めて、豚を飼うよりもずっと悪い環境で飼育を行っていると聞きました。それは本当なのでしょうか?

もしそれが本当なのだとしたら、私たちは助けに行かなくてはなりません。ですが根も葉もない噂に過ぎないのなら、心から謝りたいと思っています。どうか私たちにお返事をください。悪夢のような噂が嘘であることを祈っていますが、同じくらい強く、私たちは噂が本当であることを望んでいるのです。それってとっても変なことですよね。

きっとお返事がきますように。

噂が本当でも、嘘でも、旅が実り豊かなものとなりますように。

でも、やっぱり、噂は本当だと言ってください。

旅に出る理由を与えてください、驢馬のナカタニもそちらに向かうことを楽しみにしているのですから。

私たちをがっかりさせないでください。　敬具」

この手紙に仮に返事が届き、噂が否定されたとしても、双子はまさしくその返事こそ監禁が事実であることの証拠だと考えたはずである。事の真偽は自ら足を運んで確かめるより他にない。豚のように扱われ、誰の耳にも届かぬ悲鳴をあげている人間、あるいは豚と間違えられ、行動の自由を著しく制限されている人間を救い出すため、双子は交互にナカタニに跨がりどこまでも歩き続けると決めたのである。

6

墓石のように黒く冷ややかな空間に身を置き、親子は相変わらず沈黙を保っていた。互いの動静を窺い、隙あらば即座にトイレに駆け込むという暮らしぶりだった。居心地があまりにも良いため「君子危うきに近寄らず」は息子よりも長くトイレに籠るようになっていた。このままではいけない、父親らしく息子を最優先に考えねばならない、頭ではそう考えているのだが身体は言うことを聞かない。便座に座り桃色のタイルを眺めているだけで陶酔に包まれ、身動きが取れなくなってしまう。きっと今も泣いているであろう息子の姿を思い描き、トイレから出て抱き締めてやろうと考えても、どうしても出ていけそうにない。小部屋はそれほどまでの安堵と歓喜に満たされていたのである。

しかし、打開策は突然に舞い降りる。「君子危うきに近寄らず」は自分が碁を打てるのを思い出したのである。自らの素性に関する記憶は依然として蘇らないものの、一度覚えてしまえば自転車の乗り方や泳ぎ方を忘れないように、彼は囲碁の打ち方を覚えていた。一緒に風呂に入るときに「君子危うきに近寄らず」という諺を繰り返し聞かせてくれた、顔も思い出せない父親が教えてくれたのであろうか。彼もまた父として「君子」に碁を教えてやりたくなった。

壁は黒く塗り潰されていたがトイレは無傷のままに保たれている。そこで彼は、サインペンを使ってトイレの扉に内側から正方形を描き、そのなかに縦横七本ずつ、直角で交わる線を引いた。交点座標5の五、盤の中心に位置する交点に小さな黒い点を打ち、これを天元《てんげん》と定めた。即席九路盤の完成である。

「君子危うきに近寄らず」は晴れやかな声で息子を呼ぶ。

「君子、面白いものがあるから来てみなさい」

「君子」は声音の優しさに意表を突かれた。父がこれほど親しげに自分の名前を呼ぶとは思っていなかった。

「どうかしたの？」

そう言いながら「君子」は戸を引いた。父は便座には坐っておらず、扉の近くに立っていた。

「ほら、どうだい、碁盤を描いてみたんだ」

「君子危うきに近寄らず」の声は誇らしげで表情もすこぶる柔和だった。「君子」は和解が意外なほど早く、それも一瞬のうちに果たされたことに驚きながら尋ねる。

「どうしてそんなもの描いたの？　あいつらに消されちゃうに決まってるよ。あんなにひどく殴られたのに、もう忘れちゃったの？」

父は息子の両肩に手を置いて答える。

「大丈夫、何も心配しなくていい。あいつらだってトイレのなかまで入ることはないじゃないか。ここは安全だ。でも、のびのびと地図を描けるほど広い空間ではないからね。そこで碁盤を描いたんだ。サインペンで描いた盤に鉛筆で石を描いていけば、碁盤を消すことなく何度でも遊べるというわけさ。これからはトイレのために争う必要なんてなくなる。二人でずっとここにいればいい。朝から晩まで囲碁を打っているだなんて、とても素敵な生活だと思わないか？」

「でも、僕、囲碁なんて打ったことないよ」

「君子」が不安げに呟くと、「君子危うきに近寄らず」は言った。

「何も心配しなくていいと言ったじゃないか。父さんが打ち方を教えてあげるから安心しなさい。私もそんなに上手くはないから、これから二人で切磋《せっさ》琢磨《たくま》するとしよう。ひょっとしたら地図より夢中になれるかもしれない。何にせよ食べるときと眠るとき以外には黒い部屋にいなくてもよくなる」

こうした説得の過程を経て、「君子」はその日のうちに碁の道を歩むことに決めた。双子が驢馬に乗って来るという望みを捨てた以上、二人はどうにかして親密な関係を維持する必要があった。この世界で完全なひとりぼっちになってしまうのは何より恐ろしかった。囲碁仲間となり、親子の絆をいっそう深め、新しい創造の歓びを見つけ出さなければ精神の死は必定《ひつじょう》とも言える状況だった。かくして父と子の囲碁教室が開始される。

7

双子は公園のベンチに掛け、ナカタニはその後ろの欅《けやき》の木陰に入り、照りつける日差しから逃れていた。驢馬を連れ歩く双子は目立ち、この日もベンチの周囲には人だかりができていた。小学生たちが好奇心から近づいてきて、驢馬に触れてもいいか、驢馬は何を食べるのか、驢馬はどんな姿で眠るのか、二人はどこから来たのか、これからどこに向かうつもりなのか、どのくらい長く旅を続けているのか、両親は旅を許しているのか、などと口々に尋ねるのだった。

「でも、本当にそんなところに人が閉じ込められているの？」

少年の一人が些《いささ》か深くまで踏み込んだ疑問を投げたので、双子は自分たちのためにもここではっきり答えておこうと考えた。ボール遊びを中断して集まってきた少年たちに、みつるは諭《さと》すようにして言う。

「それはわからないよ。事実ひどい目に遭っているのかもしれないし、もしかしたらそうではないのかもしれない。それに、今は何も起こっていなくても、僕たちの到着と同時に監禁が始まるかもしれないじゃないか。結局のところ、自分の目で見てみなければだめなんだ。手紙が返ってこないってだけじゃ、旅を中断したり目的地を変更したりする理由にはならないってわけさ」

ことみもみつるの言葉を補おうとする。

「大切なのは最初の一歩を踏み出すことなの。いくらか変な始まり方であっても、いったん転がり出せばこっちのもの。目的地を決めたら途中でやめるだなんて絶対だめ。旅を成功させるためには、強い意志を持ちながらもひたすら押し流されていくしかないの。ただ懸命に歩き続けるだけよ」

いつもならば同意を示すようにして嘶くところであるが、暑さに負けてしまったのか、ナカタニは幹にもたれかかり目を瞑っている。

少年たちは双子の言葉に納得したような素振りを見せたが、やがてさらなる疑問をまくしたて始めた。人が豚のように飼育されているだなんて絶対おかしいよ、そんなことあるはずがないじゃないか、時間を無駄にしてしまうよ、今からでも目的地を変えた方がいいんじゃないかな、そんな噂そもそも誰から聞いたのさ、自分たちが監禁されてしまったらどうするの、等々、数多《あまた》の問いが双子の耳元に届けられた。日射病にでも罹ったのか、ナカタニの耳はだらりと垂れ下がっており、あたかも提出された問いの一切を棄却しているかのようだった。

諸々の問いを前にして双子は決意をいっそう強固なものとしていたが、そこに二人の新しい登場人物が現れる。一方は老いた大柄な浮浪者であり、他方は幾分か年若い小柄な浮浪者である。木陰で横になっていたらしく、双子と小学生たちの問答が休息を妨げてしまったようだった。少年たちは怒られるのではないかと思い、ボール遊びに戻っていったが、浮浪者たちは気にも留めず一本の煙草を拾い、二人で交互に吸い始めた。

男たちの吐き出す煙を払いながら、ことみは言った。

「起こしてしまったのならごめんなさい。もう出発しますから、どうぞ元のところでお休みになっていてください」

若い方の浮浪者は恥じらいを見せつつ答えた。

「実は先程からずっと話を伺っていたんです。どうやら人助けのために旅をしているようですね。急な話ですし、身なりも身なりですし、怪しい男だと思われても仕方がないのですが、どうしても聞いていただきたいお願いがあります！」

相棒の言葉を継ぎ、年を取っている方が言った。

「私たちも連れていってほしいのです！　お二人のまっすぐな眼差し、言葉となって次から次へと流れ出る旅への思い、そしてあの驢馬の凛々しい姿、天にも届きそうな嘶き、ここで御一緒出来なければ、私たちなどすでに死んでしまっているのも同然だ、そんな思いに駆られてしまったのです！」

再び年若い方に言葉が移り、嗄れた声も若く張りのある声へと変化する。

「絶対に足は引っ張りません。いえ、むしろお役に立てる場面も多いはずです。驢馬に乗せている荷物を私たちが背負えば、お二人が交互に跨がり移動するのだって可能になるではありませんか」

老いた方がベンチの前に進み出て言った。

「それに私たちの方が経験豊富だと言えるでしょう。放浪に関しては誰にも負けぬ自信を持っております。私たちの姿を見てください。いいですか、ありとあらゆる持ち物を失っても何も恐れず、生活の心配などせずに歩き続けられたら、お二人の勝ちです。目的地にも難なく行き着くことでしょうな」

双子は交互に喋る浮浪者たちの頼みを聞きながら、出発の前夜に父が話してくれた逸話を思い出していた。自分たちの誕生を祝福し旅をも予言した浮浪者がいたということ、自分たちには何か彼らを引きつけるような資質があるということ。

双子は彼らの頼みを二つ返事で承諾した。

「もちろん、どこまでもついてきたらいいじゃない！」

「僕たちには拒否する理由なんてひとつもありません」

浮浪者たちはその場で抱き合い、口笛を吹きながら雀躍《こおど》りしてみせた。彼らは長い放浪生活のなかで自分の名を忘れてしまったと言うので、みつるとことみは大柄で老いた方にはジャム、小柄で若い方にはバターという名前をつけた。

8

囲碁とは要するに陣地の奪い合いであるという基本的な説明から始め、石の取り方と逃げ方、いくつかの簡単な手筋を教えると、「君子」は見る間に碁に魅せられていった。アタリ、コウ、ツケ、ハネ、ノビ、ツギ、キリ、シチョウ、ゲタ、ウッテガエシ、オイオトシ、さらにはグルグル回しまで、「君子」は囲碁の用語とよく馴染み、新しい言葉を覚えれば覚えるほど元気を取り戻していくかのようだった。

このように私の父も碁を教えてくれたのだろうか。「君子危うきに近寄らず」は父親のことを思い出そうとしては失敗していたが、経験のない者に碁を教えるにはやはりこの順序で教えるしかないように思えた。トイレの扉に描かれた碁盤に鉛筆で碁石を鏤《ちりば》めていくうちに彼は想像上の父と重なり合い、父として、そしてまた祖父として、子にして孫である「君子」に熱烈な愛情を注ぐのであった。

現在親子は欠けるところのない対話を行っていた。石を置くとその手に反応して相手も石を置いてくる。こちらの急所に打ち込んでくることもあれば、誘った通りに打ってくれることもあるし、まるで予期していなかった手を繰り出してくることもある。黒石と白石が交互に盤を埋め尽くしていき、時に黒石が奪われ、時に白石が奪われ、盤上は絶え間なく表情を変え、終局に向けて石の数を増やしていく。

碁においては、意外な手によって忘れられていた石が蘇る瞬間もある。当初は意図を読めずにいた碁石が輝きを取り戻し、双方の争点の要となって返り咲く。前以て張り巡らされていたのに見えてはいなかった意図、その経糸《たて》と緯糸《よこ》はゆっくりと、それでも一挙に、濁った水の底から浮き上がり盤上に顕現する。石と石の取り結ぶ関係が変化すると、そこには新しい意味が生み出される。とはいえ碁石の交わりのなかに安易に象徴を見出すのは許されなかった。生活の事情を盤面に持ち込むことを「君子危うきに近寄らず」は固く禁じていたからである。

「僕の石に囲まれて、父さんの石が二つ死んじゃったよ」

「そうだね。この石にはもう活きる道がない」

「黒い部屋のなか、僕たち親子も二つの白石みたいだ」

「こらこら、君子、安易に象徴を読み取ってはいけない。それでは囲碁を貶《おとし》めることになるからね。あくまでも碁は碁であり、あくまでも生は生なのだから」

しかし、もはや信じてはいないはずの双子と驢馬が盤上に現れることもあった。この誘惑はどうにも断ち切り難く、本来ならば注意する立場にある「君子危うきに近寄らず」でさえ、墨一色で描かれる風景のうちに時たま双子の足跡を見てしまうのだった。

「右辺の二子も、中央の白と繋がれば活きるよね」

「君子」がそう尋ねるときには、「君子危うきに近寄らず」も中央の石に双子と驢馬を重ね合わせ、右辺で孤立している二つの石のうちには、自分たちの姿を見ずにはいられなかった。

そういった象徴の誘惑はしつこく付きまとったが、それでも、あるいはそれをも含めて囲碁の愉しみは格別だった。親子は配下たちの目をかいくぐり日夜この新しい遊戯に耽った。食事の運ばれてくる時間を予想し、廊下に足音が聞こえるとすぐさまトイレから出て、何事もなかったかのように布団に潜り込むようにしていた。

「そこはウッテガエシになっているよ。君子、よく見るんだ」

「あっ、本当だ！　ここは取ってもしょうがない」

「でも、だいぶ上達しているね。さっきの死活はちゃんと解けたじゃないか」

「五目中手くらい、僕だってすぐに見抜けるよ」

「その調子、その調子。そのうち二子で打てるようになる」

こうして桃色の小部屋に籠り、二人は父と子の関係を、そして自分自身との繋がりを回復させることに成功したのであった。

碁盤に黒石を描き込むとき、「君子」は必要以上に力を込めて、炭の光沢を帯びるまで執拗に塗り潰し続けることがあった。そのため、石を取るには消しゴムを使うのだが、「君子」が描いた黒石を消すには父の描いた石を消すより労力がかかった。

「君子」は鉛筆を握り少しずつ碁石を増やし、思いのままに世界をつくりあげていく仕事に熱中していた。地図とは異なり、対局相手の描き込みによって自らの意図の達成が妨げられるのもまたひとつの醍醐味となっていた。

布石の打ち方と基本的な定石を一刻も早く覚え、十三路盤で打てるようになりたい。「君子」は九路盤では飽き足らず、より広い世界に石を並べる日を切望していた。そんな息子の様子を見て「君子危うきに近寄らず」は目論見の成功を知り、ひとまず安堵するのだった。

息子に打ち方を教えるうちに彼も碁の面白さに夢中になっていた。かつて部屋の壁という壁を埋め尽くしていた地図と比べれば、トイレの扉に描かれた九路盤はごく小さな正方形でしかない。しかし、そこには囲碁を教えようと思い立ったときには想像もしていなかったほど豊かな世界、不思議な奥行きと広がりがあった。「君子危うきに近寄らず」と

「君子」の心は石の形をとり、盤面に星々の如く鏤められ、そこで火花を散らしながら対話を図る。二人の心身も格子縞のなかに解きほぐされていき、そこに注がれている視線だけが、依然として肉体の名残を留めているかのように、盤上を裸足で彷徨《さまよ》い続けていた。

だが、食事を運んでくる配下たちが目にするのは、いつも決まって死に石のように転がっている親子の姿だけだった。ベッドに寝転び虚空を眺める二人の様子は裏返した碁笥《ごけ》の蓋の上に転がるアゲハマさながらである。配下たちは気づくはずもなかったが、親子は虚脱した状態を装いながらも、心のなかでは黒い天井に白線を引き、碁盤に変えることで日々の稽古に励んでいた。そして配下たちがいつもの南瓜スープを置いて廊下の向こうに去ったのを確認すると、二人はスープの注がれたボウルを持ち、さっそくトイレに駆け込むのであった。

配下たちは親子の表面上の無気力さに満足していたので、まさか彼らが地図を描いていたときにも劣らぬ歓びに辿り着き、桃源郷の仙人となり碁に耽っているとは思ってもみなかった。白髪の老人は食事を運んでくるときにも小言すら口にしなくなっていた。言葉も交わさず寝たきりになっている親子を見るのを楽しみにしていたので、今さら声をかけるのは、失った言葉を思い出させることにも繋がりかねないと考えたのであろう。

また、小太りの中年、義手の中年、神経質そうな青年、彼らにもトイレの碁盤を見つけ出すことはできなかった。その御蔭で「君子」の腕は日々磨かれていき、ある日、碁盤を十三路盤へと拡張することを許された。

10

小川の水面に光が跳ね煌めき、時おり双子と浮浪者の瞼を閉じさせる。すでに町からは遠のき、山と山の合間を縫うようにして歩いていた。町で車道を歩いていたときには好奇の眼差しを浴びるばかりだったナカタニだが、今では一行の目にこれほど頼もしい伴侶は他にいないほどの名馬として映っていた。

双子と浮浪者、そして驢馬は山道を一歩一歩と登っていき、また一歩一歩と下っていく。いちど見失った川が視界に現われ、再び消えていく。同一の細流を遡っているのかどうか不安を覚える瞬間もあったが、地図に描かれている範囲に足を踏み入れたのはまず間違いないように思われた。

いつか引き返す日が来るだろう、そう思いながら柑橘類の種を播き、双子は前へと進んでいく。握り締めている種が指と指の隙間からぽろぽろ落ちていく。みつるとことみは気前よく種を散らし、顔を見合わせては微笑む。少し疲れた様子のナカタニは小川が眼前に現れると近寄っていき、ここぞとばかりに澄んだ水を飲み始める。ジャムとバターも時には裸足になって水のなかに入っていく。

このように快い旅ではあったが、ジャムとバターを連れて歩くようになってからというもの、食料の減る早さが問題となっていた。持ち物の減少は目的地への接近の徴《しるし》でもあり、喜ぶべきことではある。だが、本来二人と一頭で旅するつもりで荷造りをしていたのだから、四人と一頭では何もかも足りなくなってくるのは当然だった。この旅に加わるにあたって浮浪者たちは何も所有していなかったにも拘わらず、毎度の食事に参加し、多少の遠慮は見せながらも案外がつがつと食べていたのである。

このままでは到着を待たずして人も驢馬も揃って餓死してしまうかもしれない。そうなれば自分たちを待つ監禁されている人々も同じく死んでしまうであろう。みつるとことみはよく食べるジャムとバターを咎めはせず、どうすべきか考えながら歩き続けていた。

採るべき道はいくつか考えられた。食事の頻度を減らすか量を減らすか、来た道を引き返し町で買い物をしてくるか、または育っているやもしれぬオレンジの木から実をもいでくるか、これらのうちのどれかである。しかし自分たちを待っている者がいる以上、引き返すなど論外であるように思えた。加えてオレンジであるという保証もなく、仮にレモンであれば一大事となる。そこで双子は食事の量および頻度を減らし、なおかつさらに足を速めることに決めた。

　ある日、みつるはジャムとバターに言った。

「そろそろ食事について考え直さないと、みんな死んじゃうかもしれないよ。ほら、リュックのなかを見て。これじゃ全部なくなってしまうのも時間の問題だ。食べるのはなるべく我慢して急ぐとしよう」

　ナカタニに足を止めさせ、ことみも言った。

「毎日の食べる分をきちんと決めて、ナカタニを労《いたわ》りながら懸命に歩くのよ」

　浮浪者たちは顔を赤らめて自分たちの食べっぷりを悔いた。ジャムは座り込み悲痛な面持ちで沈黙し、バターは大袈裟な身振りを交えて釈明と謝罪を始めた。

「誠に申し訳ありません！　お二人のお伴ができることの歓び、一緒に食事ができることの嬉しさから、つい食が進んでしまったのです。これからは私たちも気を配り、このはしたなき食欲めに見張りをつけておくと約束します。恥ずかしい限りです！　絶対に足は引っ張らないと言っておきながら、この体《てい》たらくだなんて！　何と無様な人間なのでしょう！　いちど失った信頼はなかなか元に戻らないというのに！　ああ、どうか、どうかもういちど私たちにチャンスをください！」

ことみは思わず苦笑しながら語りかける。

「そんなに深刻に考えなくてもいいのに！　なにも裁判を始めたいわけじゃないわ。私たちは誰かを罰したり、閉じ込めたりしたいわけじゃないもの。そうじゃなくって、そんな目に遭ってる人たちを助けに行くのよね？　さあ、しゃんと立ってちょうだい」

ことみに促され、ジャムもようやく立ち上がった。

「まったくかたじけないですなあ。心を入れ替え、これからも誠心誠意を尽くしてお伴させていただく所存でございます。荷物をこちらにどうぞ！　ナカタニの荷を軽くしてやりましょう！」

二人はジャムとバターの生真面目さに感心し、彼らを連れてきてよかったと思った。ナカタニの背中から荷物を下ろすと、一行は次第に低くなってくる太陽の光を片手で遮りながら、じりじりと山道を進んでいった。夜になれば火をおこし、たった二つの馬鈴薯を四人で分け合うことになるだろう。そして、その傍ではナカタニが好物のさつま芋を食べるに違いない。

11

十三路盤で打つにあたって「君子」は布石の打ち方を学ばなければならなくなった。九路盤で打っていたときより対局がゆったりと進行するようになり、序盤の布石、中盤の戦い、そして終盤のヨセの区別がいっそう明確になったからである。

親子は桃色の小部屋のなかで身を寄せ合い、白米から南瓜スープへと移りゆく時間に身を浸し、囲碁教室に夢中になっていた。「君子」は少し広くなった碁盤を前にして、いっそう奥行きのある世界を描こうと勇み立っていた。

作られたばかりの盤上に「君子危うきに近寄らず」は黒石を描き込み、例の如く説明に取りかかる。

「いいかい？　前にも言ったように囲碁は一にアキ隅、二にシマリあるいはカカリ、三にヒラキというのが原則なんだ。もちろん対局毎《ごと》に柔軟に打つ必要がある。これはあくまで基本的な原則であって、固執して失敗することもあるからね。でもまあ、隅から辺に、辺から中央に展開していくのが基本的な流れだと思っていい。それはなぜだと思う？　ちょっと盤面を見てごらん。ほら、隅なら二手、辺なら三手、中央なら四手、同じ広さの陣地を囲うのにこれだけの手数が要るんだ。そういうわけでまずは隅を守り、次に辺へと展開し、徐々に中央に狙いを定めていくのが得策なのさ。ただ、繰り返すようだけど、あえて基本や常識に目を瞑って自由に打てるのも囲碁の魅力のひとつだからね。打ちたいと思ったら初手から真ん中、天元に打ってもいいし、隅なんて見向きもせず辺に打ったっていいんだ」

父の説明に耳を傾けながら「君子」は盤を注視していた。理想的な宇宙または住み良い一軒家を建設するためには、何より布石が肝心だということは聞いていたが、九路盤の場合はあっという間に中盤の石の取り合いに移行してしまうため、これまではその大切さをあまり実感できずにいた。だが、眼前の十三路盤には明らかに今までとは違う広さがあった。「君子」は碁の愉しみが地図を描く歓びに近づいていることに気づいた。

「君子危うきに近寄らず」は授業をさらに先に進める。彼はすべての碁石を消しゴムで消し、4の四に新たに黒石を描き込んだ。

「ほら、ここが星だ。本来この石の下には黒い点があるはずなんだけどね、十九路盤になったらちゃんと描くとしよう。星打ちのいいところは辺や中央に展開しやすいことだね。シマリを飛ばしてヒラキを打てるから、厚みを活かして中央を目指すような足の速い碁が可能になる」

そう言うと彼は3の三、黒石のちょうど左上に白石を描いた。

「しかし辺や中央に動きやすい反面、スミを守ることにはあまり向いていない。こんなふうに三々に打ち込まれてしまえば、簡単にスミを取られてしまうんだ。仮にシマリを打ったとしても三々が弱点であるのは変わらない」

「君子」は星打ちに魅了され、父の説明に言葉を挟んだ。

「それでも星に打つということは、スミは相手にあげても辺や中央に大きな陣地を築きたいという狙いがあるからだよね。反対に三々に打つのは、どちらかと言えば堅実な碁を望んでいるということかな」

息子の理解力に感心しつつ、「君子危《あや》うきに近寄らず」は説明を続ける。

「うん、そういうことだね。地に辛《から》い棋風の人が三々を好むというわけさ。囲碁では第三線は実利線、第四線は勢力線と呼ばれている。堅実に地を築いていくのなら三線を、大地を離れ空へ、中央に大きな新天地を求めるのなら四線を重視するといい。いくらか図式的に言えば、堅実に生きるか夢を描くか、という対比でもいいだろう。ちなみに第二線は必敗線とも呼ばれていて、どんなに這ったところで大した地にはならないから気をつけるんだよ」

夢、空、新天地といった言葉に陶然とする「君子」であったが、他にも手がないかどうか尋ねる。

「隅に打つ手は、星と三々の他にはどんなものがあるの？」

「君子危うきに近寄らず」は星に打った黒石と三々に打ち込んだ白石を消して、3の四に新しく黒石を置いてみせた。

「これは小目《こもく》という手でね、シマリを打てば二手で手堅く隅を守ることができる。実利志向と勢力志向、両方の性質を兼ね備えたバランスのいい手だと言える。でも問題は、一手だけでは隅を守ることができないことだ。小目に打つのなら、5の三の小ゲイマジマリや、5の四の一間ジマリ、6の三の大ゲイマジマリとか、何かしらシマリを打つ必要がある。それに、相手はシマリを妨害するためにカカリを打ってくるはずだから、対応する定石も覚えておかないといけない。もちろん、あえてカカリを誘ってハサミで迎え討つような打ち方だってあるし、シマリを省いてヒラキを急いだっていい。まあ、これから少しずつ勉強していこう」

　父が鉛筆と人差し指で示す盤面を見つめながら「君子」は布石の奥深さを感じていた。そして、早く基本定石を覚えて強くなりたいと逸《はや》る心を抑えるのだった。

「君子危うきに近寄らず」は息子の気持ちを察し、囲碁教室を次の段階へと進めるべく、今日から定石の授業を始めると宣言する。

「さっそく星と小目の基本定石を教えてやろう。隅に打つ手としては他にも高目《たかもく》や目ハズシなどがあるけれど、星と小目で打てるようになれば当面は大丈夫だ」

12

太陽が幾十回も昇りと沈みを繰り返すなか、一行はすでに四つか五つの山を越えていた。食料は底を尽きつつあり、枝に果実を見ればもぎ、水流に魚の背を見れば捕らえ、時には仙人掌《さぼてん》さえも齧り唾を吐き、歌を口ずさみながら歩き続けている。これまで越えてきた山々と今歩いている半砂漠地帯の地形は、Sのくれた地図とおおよそ符合しており、来た道に立ち並ぶ柑橘類の木々の示す軌跡は、彼らの旅が夢幻でないことの証左だった。

一行は手で砂を掬《すく》い上げ、足で地を踏み均し、花の香りを嗅ぎ、仙人掌を味わい、遠くに見える峰々を地図と重ね合わせ、頻繁に現在地を確かめては互いを抱擁した。双子と浮浪者は自分たちがどこか架空の世界に生きているわけでもなければ、見知らぬ誰かの心象風景を歩いているわけでもない、という事実を確信しつつ進んでいた。隅から隅まで織りあげられすでに完成してしまった世界を歩いているのではなく、自分たちの一歩一歩が砂の上に新しく文字を書き連ねているのだ、といった実感すら湧き起こり、双子と浮浪者には、進めば進むほど地図と写し取られた世界との整合性が増していくように思われた。

　皆すっかり仙人掌に酔っぱらってしまっていた。渇きと空腹ゆえ齧ってみたのであるが、果物のような甘みと瑞々しさ、そして気持ちを昂揚させる作用が四人と一頭の口のなかで唾液を分泌させ続けていた。仙人掌を誰より早く発見するのはナカタニであり、見つけるや否や一口で平らげてしまう。酩酊した驢馬は砂地にへたり込み、梃子《てこ》でも動こうとしなくなる。そういうときには、みつるとことみが背中から下りて身体を優しくさすってやるのだった。耳はぴんと立たせているものの、円らな瞳は何とも眠たそうに見える。時にはそんなナカタニに身を寄せるようにして、みつる、ことみ、ジャム、バターの四人も眠りに就いた。

　深く眠り夢のなかを歩いているのかと思いきや、実際には目醒めた状態で砂の上を歩いており、現実の砂を踏み締めているのかと思いきや、はっと途中で目を醒ます。道中はそんなことの繰り返しだった。地図に空いた穴から現実の地面に落ちてしまうように、現実の砂の上で足を滑らせれば、ひょっとすると地図の表面に足の裏で触れることになるのかもしれない。地図にできた一つひとつの皺でさえ、目の前に見えている砂紋と合致しているかのように思えるとき、一行は意気軒昂たる姿を見せるのだった。地図を指の先でなぞり大地を両の足で歩き、目的地に接近するうち足取りはますます軽くなっていく。噴きだす汗も足から流れる血も砂に染みて見えなくなり、零れ落ちる言葉も、歌われる旋律も、耳に届くときにはすでに消えている。

13

四人と一頭は砂の舞う集落を見つけ、そこで思わぬ歓待を受けた。有力者の邸《やしき》で晩餐にあずかることになったのである。それは不正を許さない有徳の士をねぎらうための祝宴などではなく、浮浪者と驢馬を従える双子への好奇心から催されたものであった。

四人は久しぶりに皿に盛られた料理を見た。ジャムとバターの場合は尚のことそうだったはずである。四人とも食前の挨拶を待たずに手で食べ始めてもおかしくないくらい飢えていたが、椅子に畏まって座り、今にも料理に飛びかかりそうな食欲をどうにか抑えられていた。

一行を屋敷に招いたWは当初、双子のみ招待し、二人の浮浪者は驢馬とともに庭で待機させておくつもりだったが、そうはせず全員に食事を振る舞うことにした。双子と浮浪者の間には一心同体といった絆がありありと窺え、身なりを理由に邸の外に放り出しておくなどできなかったのである。

すべての献立が食卓に出揃い、皆それぞれの席に腰を掛けた。みつるとことみのグラスには葡萄ジュースが、ジャムとバターのグラスには赤葡萄酒が注がれ、Wは乾杯の挨拶をすべく立ち上がった。双子と浮浪者、そしてWの家族と知人たちが様子を見守っている。

グラスを片手に持ち、Wは語り始める。

「お集まりいただいた皆さん、よく来てくださいました！　今日は気兼ねなく飲んで、どうぞ食べ散らかしていってください。行儀作法に関してそれほど神経質になる必要はありません。なぜならば、本日私が道すがら出会い、是非ともと言って招いた四人は、逞《たくま》しき放浪者たちなのですから！　おや、笑ってはいけませんよ、彼らは本気も本気、人助けのために旅している心優しい方々なのです。どこかにあるという建物、そこに閉じ込められている人々を救出しようと、一頭の驢馬に跨がり遥々この町までやって来てくれたというわけです。さあ、四人とも今日は好きなだけ食べていってください。昔から腹が減っては戦はできぬと言いますからね。それでは四人の旅の安全、および救出の成功を心より祈り、乾杯！」

各人グラスを掲げたが、数人の女性はどうしても笑いをこらえきれず、男性の招待客もしきりに嘲りの言葉を口にしていた。しかし旅についての冷やかしなど双子は意にも介していなかった。学校から驢馬を連れて帰ったとき以来、旅の根拠と価値は自ら下す決断のうちにのみ置いてきたからである。浮浪者たちも尊敬している双子が侮辱されているのに腹を立てたが、自分たちまでがこうして食事を振る舞ってもらえている以上、ここは付き人として堪えるべきところだと判断した。

だが食事が進み、酒の酔いが回っていくうち、参加者たちは浮浪者への不信と警戒を緩め、ずっと素直に話を聞くようになった。少しずつではあるが場の雰囲気は良くなっていった。主催したWも、双子と浮浪者を面白い見世物として紹介しようとする姿勢を改め、いつの間にか彼らの話す物語に大真面目に耳を傾けていた。

場の中心には、酔いが回るほど饒舌になるジャムとバターがおり、みつるとことみはその軽妙な語り口に相槌を打つばかりだった。

「監禁が事実であるかどうかなんて、そんな野暮なことを聞いてくださるな！　結局のところ、男子たるものいちど決めたなら、ですわな！　悲惨な境遇に陥れられている人々が実際にいるのかもしれませんし、ひょっとするとそうではないのかもしれません！　それに、それにです、少し奇妙に聞こえるかもしれませんが、今は何も起こっていなくとも、私たちの到着と同時に監禁が始まる、という椿事すらあり得るのです！　突然予期せぬことが起こり、ひとつの緊急事態から別の緊急事態へと移っていくのが人生の常ですからなあ！　私たちもいつから浮浪者をやっているのかまったく思い出せないくらいなんですよ！　おや、お笑いになりましたね？　いいですか、他人事ではありません、ここに集まった紳士淑女といえども油断は禁物です。気がついたら旅に出ていて、少年少女と驢馬のお伴をしているという可能性だってあるんですから。起こり得る事件の数はそれこそ無限と断じてもいいくらいです。無限です！　数学者のいう無限についてはよく知りませんが、無限なのです！　要するに、しっかりと自分の目で見ないとだめなんです。噂の真偽は、旅を中断したり目的地を変えたりする理由にはならないのです」

ジャムが何杯目かもわからぬ葡萄酒を飲み干してそう言うと、隣でバターも負けじと酒を飲み、食卓に身を乗り出して言った。

「大切なのは最初の一歩を踏み出してみることです！　多少おかしな動機であっても躊躇《ちゅうちょ》せずに歩き始めるべきなのです。私たちだってまるで恐れを抱かなかったというわけではありません。二人の話を聞いてこの旅に加わろうと決めたこと自体、それはそれは大きな一歩でありましたとも！　ですがひとたび転がり出せばこちらのものです！　驢馬とも仲良くなり、旅は順風満帆そのものです。目的地を決めたのなら途中でやめるべきではありません。私の見たところ、旅を成功させるためには何にも負けぬ気持ちを持ちながらも、ひたすら押し流されていくしかないようです。旅人たるもの愚直に一途に歩き続けるだけだ、というわけでありまして!」

みつるとことみは気がついていた。彼らの語っている言葉は、二人と出会った公園で自分たちが小学生相手に話していた言葉の引用ないしは剽窃《ひょうせつ》のようなものであった。そうと知りつつも双子は笑みを浮かべ、二人の持論のようであってそうではない借り物の考えを愛おしく思い、その饒舌に聞き惚れた。ジャムとバターが熱っぽく語る旅への思いは、皆の集う部屋を多幸感で満たしていた。

14

置き石を四つも置いたというのに「君子」は劣勢に立たされていた。九路盤で打っていた頃はそろそろ二子で打てるのではないかと思っていたが、碁盤の拡張は父の碁石に予想だにしなかったほどの自由を許した。あちらこちらで巧妙な手筋によって石を奪われ、地を荒らされ、彼の計画は瞬く間に崩されていく。

ひとつでも重要な石を奪われると盤全体が表情を変えるため、彼は見慣れない土地に立ち尽くす羽目になる。誰にも邪魔されず描けた地図の方が良かったのではないだろうか。

「君子」は計画を白紙にされることに苛立ち、強引に父の土地に入っていこうとする。しかしそれさえも読まれていて、誘い込まれた結果さらなる痛手を負う。

　黒の土地は至るところで略奪に遭い、最初は置き石で独占していた隅も、気がつけば白石に取られてしまっている。何もかも計画通りになどいくわけがない、という自明な人生訓を「君子」は碁盤に向かう都度痛感するのであった。丁寧に配置したはずの石、動きと働きを考慮して置いたはずの石は軽々と押さえ込まれ、無力にされ、時に奪われ、時に殺され、まるで役に立たないものとなってしまう。

　自分の意思で打っているというよりも、父の思惑通りに打たされていると言った方が正確であるかもしれない。それでも「君子」は自分の置かれている状況を分析しつつ碁石を描き込み、対局を通して父と対話を行おうとする。せっかくの計画が邪魔されてしまうのも含め、碁を打つ愉しみはやはり地図の歓びに勝るとも劣らない。

「君子」には囲碁を打ちながら左手の人差し指を噛む癖があった。歯形がうっすらと残るくらいの強さで嚙み、指に軽い痛みを走らせ、そのあとで唾液の匂いを嗅ぐ。そうすると落ち着き、集中力が増すように思えるのだった。右手に握っている鉛筆を嚙むこともあったが、それは唾液の匂いを嗅ぐためではなく、切歯と犬歯を使い鉛筆を固定して、自分にだけ聞こえる音をめりめり立てて歯を食い込ませ、木の味と香りを楽しむためだった。

指や鉛筆を噛む癖の他には髭に触れる癖もあった。このところ「君子」には髭が生え始めており、親子は剃刀《かみそり》の支給を配下たちに頼んだが受理されず、時たま許可される入浴のときに剃ることにしていた。しかし立ち入りを許可された浴場も鏡を取り外されており、髭を剃るにも慎重にならざるを得ない。

髭の生えた息子に対して「君子危うきに近寄らず」は、もうそれほどまでに成長したのかと思うときもあれば、やっとそれだけの月日が流れたのかと思うときもあった。それと同じく「君子」も、父の顔つきに老いと若さの両方を認めていた。過ぎ去った時間を惜しむ気持ちと、死への追放であれ、ありふれた生への釈放であれ、どうせ終わりが来るのならばできるだけ早く、と願う気持ちは、日による変動はあれどおよそ半分ずつだった。だからこそ親子は食事を済ませるとトイレに駆け込み、碁に熱中し、黒と白の織り成す模様のなかにのみ答えを求め、他の時間には、すなわち碁盤の外では、それぞれ何も問うまいと誓っていたのである。

盤上では終局を迎えつつあり、ヨセとコウ争いに入っていた。地合いの差は歴然としており、「君子危うきに近寄らず」の勝ちは明らかだったが、「君子」は終盤の打ち方を学ぶべく、投了せずに最後まで打ち切ろうと考えていた。

手ほどきをしているはずの「君子危うきに近寄らず」も、手加減を忘れ勝利に執着してしまうことがあった。この日がまさしくそうであり、格下にしか通用しないような手筋を使い、かなり強引に息子の黒石を殺していった。だがそれにも拘わらず息子には無理な手を打たぬよう言うのだった。

「君子、この白模様に打ち込むのは少し無理があるよ。君子危うきに近寄らず、というわけさ」

中盤戦の只中、この言葉を口にしたときには彼自身驚いてしまった。記憶のなかに辛うじて生き続けている父の口癖が自分の口から出てきたのである。自らの名前の由来となった「君子危うきに近寄らず」という諺が、自然と舌の上から滑り落ちてくるとは夢にも思っていなかった。

その瞬間、「君子危うきに近寄らず」は母胎のような部屋で息子と碁を打っていることの奇蹟、今ここに自分がいて、自分の父、父のまた父、そのまた父、という系譜を遡り切ったある点から現在に至るまでの流れ、その長い流れの終端に我が子「君子」がいることの奇蹟を感じ取り、しばし呆然としてしまった。

それでも彼は我に返ると眼前の碁盤に集中し、黒石を攻める手を少しも緩めようとはしなかった。それどころか白石は水を得た魚のように、ますます生き生きとしてきて、艶やかな煌めきを四方に放ちながら容赦なく黒石を追い詰めていくのであった。

ダメを詰め終えて終局となった。本物の碁盤とは違い整地ができないため、それぞれ指で地を数えてみると「君子」が三十目ばかり負けている。

「また負けちゃった！　少しくらい手加減してくれてもいいのになあ。これじゃ本当に上達しているのかどうかわかんないよ」

「君子危うきに近寄らず」は強引な打ち方を反省したが、この子は今後さらに上達していき、あっという間に自分など追い越してしまうであろう、と感慨深く思っていた。

「心配しなくていい。おまえは信じられないほどの速さで上達しているし、ここを出るより早く父さんを負かしてしまうはずだよ。ヨセの甘さがひとまずの課題かな」

親子は、果たしてここから出られる日など本当に来るのだろうか、という問いを押し殺し、盤上の石を消し始めた。そしてまた振り出しに戻り、桃色の部屋のなかで二人は対局を始めるのだった。

15

晩餐会が終わると双子と浮浪者、庭で野菜を食べていたナカタニはすっかり満腹になっていたが、それだけでなくリュックサックまでがずしりと重くなっていた。詰められているのはすべて施し物であり、一行は金持ちの心を摑んでしまったのだった。それはしたたかに酔っぱらったジャムとバターの手柄だったが、まさか一頭の駱駝《らくだ》までもらうとは思ってもみなかった。

彼らは、Wが荷物の運搬のために飼っていたフルカワという名の牝駱駝を譲り受けたのである。まだまだずっと遠くまで広がっている砂地を歩くのなら、驢馬一頭だけでは心許ないだろう、という配慮からの贈物だった。

巧みに喋りながらも何か見返りを求めていたわけではないジャムとバターは、若き牝駱駝フルカワを前にして呆然としていた。みつるとことみも餞別《せんべつ》の豪華さに言葉を失った。初めは明らかに旅を嘲弄していたWが、私の持ち物は全部あなたたちのものです、と言わんばかりに食料どころか駱駝まで与えてくれたのだから。

Wの心変わりの原因にはもちろん浮浪者二人の雄弁があったし、年に似合わぬ双子の強い決意のほども関係していただろう。それに、噂を完全に信じ込んだわけではないにせよ、万が一にも監禁が行われていた場合、救出のため駱駝を提供したことで彼の名誉欲は大いに満たされるであろう。だが、そうした理由よりも強くWの心を動かしたのは、双子と浮浪者に吹き込まれた旅への憧れであったに違いない。自分の生活があるため同行するわけにはいかないが、彼もまた一頭の駱駝となり、せめて駱駝の身体で一行の旅についていこうとしたのではないだろうか。

みつるとことみがナカタニを挟み、その後ろでジャムとバターがフルカワを挟み、それぞれ進んでいた。一行は食料問題を解決し、さらには一頭の剛健なる家畜をも獲得し、かくて旅を再開したのであった。

フルカワの登場は皆にいたく感謝されていた。驢馬より遥かに大きく、彼女に荷を負わせればナカタニの負担も遥かに軽くなるだろうし、二つの瘤の上に載せられた鞍には二三人が一遍に跨がることも可能だった。さらにはそうした実用的な面のみならず、審美的な面でもフルカワの登場は待望されていたと言っていい。

二人の浮浪者が同志に加わって以来、この旅においてはある種の対称性への要求が高まっていた。ジャムとバターは大柄な身体と小柄な身体、および老いと若さという点で誰の目にも明らかな二人組を作っており、みつるとことみは双子であるのだから生まれつき二人組を作っている。しかし、ナカタニにだけ相棒となる動物がいなかった。口に出して指摘する者はいなかったが、四人とも時にそわそわして落ち着かなくなり、収まりの悪さを感じていたのは確かだった。

ナカタニとフルカワは付かず離れずの距離を保ちながら歩いており、互いが別の種であることを知っているがゆえの、思い遣りと無関心の混じった眼差しを交わしている。可愛らしく慎み深く自らの分を弁《わきま》えており、世界になるべく波風を立てぬように歩いているナカタニに対して、フルカワの堂々たる姿は唯我独尊とも形容し得るものであり、二頭はやはり二人組を作るにふさわしいように思われた。

そしてまた、巨体を揺すり砂埃をあげながら悠然と歩むフルカワ、ジャム、バターの新しい三人組と、みつる、ことみ、ナカタニの古くからの三人組、二つの三人組ができて隊列がすっきり整ったというのも、旅する者たちにとっては極めて重要なことであった。

16

白米を食べ終えると親子はトイレに籠り、またも囲碁に興じ始めた。南瓜スープが運び込まれるまでおそらくまだ半日以上はあるため、何かに怯えることなく盤面だけに注意を払っていればよかった。父と子の時間、そして碁の上達の妨げになるようなものは部屋の内にも外にも存在しないはずだった。

しかし、この日、親子は決定的な転機を迎える。二局目の検討を終えて三局目を始めようとしていたとき、二人は、騒々しい話し声と足音が廊下を通って近づいてくるのを聞いた。誰と誰が話しているのか聞き取れるようになるより早く、二人はトイレから飛び出して布団のなかに潜り込んだ。

毛布をかぶると同時に、四人の配下が扉を開いて部屋に入ってきた。四人揃って来るのは壁を塗られたとき以来のことであった。あれからというもの隠れて碁を愉しむ以外にはまるで家畜のように従順に暮らしてきた。何か問題があったとしてもそれは断じて自分たちのせいではないはずだ。「君子危うきに近寄らず」も頭ではそう考えていたが、モップで殴られた記憶がどうしても身を縮こまらせ、毛布の隙間から様子を探るだけで精一杯だった。

「君子」は地図を消された悲しみを思い出し、布団のなかで歯を食い縛っていた。四人の配下たちの声を一遍に聞くのは痛み以外には何物ももたらさず、黒い壁の存在感はいつも以上に増していた。毛布の包み込んでいる暗闇までが壁の延長であるかの如く感じられ、自分もあのとき地図とともに消えるべきだった、という考えに取り憑かれてしまう。

このようにして黒石に追い詰められ、二つの白石は活きる道を失ったも同然のように思われたが、実際にはそうではなかった。青年が「君子危うきに近寄らず」の布団を、義手の中年が「君子」の布団を剝いだとき、親子を待ち構えていた言葉は意外なものであり、それは新たな道を切り開き、死んでいたはずの白石を蘇らせてくれるような言葉だった。

　小太りの配下が封筒から一枚の紙を出して、怯える親子に言った。

「この手紙に心当たりはあるか？　双子から届いているぞ」

　親子は信じられず口を噤《つぐ》んでいた。小太りの隣で身体を震わせている老人の様子から察するに、彼らにとって良からぬことが綴られていたのは明らかである。

「君子危うきに近寄らず」は潔白を証明するために言った。

「どんな手紙でしょう？　私たちに何か関係があるのですか？　本当に双子から届いたと言うのですか？　私たちが心待ちにしていたあの双子から？　いいえ信じられるものですか！　もちろん私たちの悪戯《いたずら》などではありません。見ての通り、この部屋では手紙なんて書けるはずがありませんし、私たちはペンションがどこにあるのかさえ知らないのですからね」

　言葉を重ねるほど老人の顔には深く皺が刻まれていった。信じられるはずがないとは言いながらも、「君子危うきに近寄らず」の声は平生と比べ明るくなっており、老人にはそれが我慢ならないようだった。

　義手の配下は奥の壁に向かって立ち、自分たちが壊滅させた町が本当に滅んだのかどうか確かめるようにして、壁を義手ではない方の手で撫でている。いつもなら親子には関心を示さない青年もこの日は緊張した面持ちで立っている。

「君子」は毛布を抱き締め、配下たちの様子を見守っていた。いったいこれから何が行われるというのだろう。父さんの苦しむところは見たくない。「君子危うきに近寄らず」が「君子」を守ろうとしていたように、彼もまた、いざというときには父を守らなくてはならないと考えていた。

いつになく深刻そうな顔をして手紙を掲げると、小太りの配下は親子を睨みつつ読み始めた。そこにはもう親子を嘲笑っていた男、二人の訴えに耳を傾けようとしなかった男の姿はない。現在この部屋では間違いなく重大なことが起こっている、という事実を直視しているがゆえの真剣さが声にも表れていた。

「炎威しのぎ難く云々、といった書き出しから始めたいところですが、十四歳の私たちにはまだまだ難しい言葉も多く、二人で知恵を絞ってみてもちゃんとしたお手紙は書けそうにありません。ですから、いくらかぶしつけな言葉から始めさせていただきます。でも、悪く思わないでくださいね。私たちはただ本当のことを知りたいだけなのです。こうした真実への意志については誰しも覚えがあるはずです。それでは、本題に入ろうと思います。私たちが耳に挟んだ噂について、それが真実であるのか、嘘であるのか、どうしてもお聞かせ願いたいのです。養豚所で働いていた頃、あなた、あるいはあなたたちが、施設に人間を閉じ込めて、豚を飼うよりもずっと悪い環境で飼育を行っていると聞きました。それは事実なのでしょうか？　仮に事実であるのなら、私たちは助けに行かなくてはなりません。ですが根も葉もない噂に過ぎないのなら、心から謝りたいと思います。どうか私たちにお返事をください。まるで悪夢のような噂が嘘であることを祈っていますが、同じくらい強く、私たちは噂が本当であることを望んでいます。それってとても変なことですよね。きっと返事が届きますように。噂が本当であれ嘘であれ私たちの旅が実り豊かなものとなりますように。でも、やっぱり、噂は事実だと言ってください！　旅に出る理由を与えてください。驢馬のナカタニもそちらに向かうことを楽しみにしているのですから。私たちをがっかりさせないでください」

読み終えて手紙を老人に渡すと、小太りはベッドに横たわる二人に言った。

「嘘はつくんじゃないぞ、本当に心当たりはないんだな？」

「君子危うきに近寄らず」は長かった忍耐の日々の終わりを予感して、その嬉しさを微塵《みじん》も隠さずに答えた。

「ええ、まったくありません。このところ私たちも、双子のことは忘れるように努めていたくらいなのですから。ですが、今ようやくわかりました。双子と驢馬は実際にこの世界に生きていて、私たちを助けるために旅をしているのですね」

父親の言葉を聞いて、「君子」は忘れかけていた双子の顔立ちを思い描いた。それからみつるとことみという二つの名前となって発せられる前の空気を、口のなかにとどめ、味わうようにして舌の上で転がしてみた。

老人の配下は、紛れもない現実として、双子と驢馬の肉体をもって今にも現れようとしている親子の夢想を、ここで打ち砕いてしまうべく全力で喚き散らした。

「調子に乗るんじゃない！　おまえたちの仕業でなくとも誰か事情を知る者の悪戯かもしれないではないか。子供のような字で書かれてはいるが、大人が書いたと考えても不思議ではないだろう！　おまえたちの期待を膨らませるだけ膨らませ、最後には失意の底に突き落とすための策略なのかもしれん！　あるいは誰かが私たちをからかうために書いたというだけで、おまえたちを助け出そうだなんて本当はこれっぽちも考えていないのかもしれない。どうしてそうまで簡単に信じ込み、そのみすぼらしい顔を輝かせられるのだ？　何が何でも妄想の根拠を欲しがり、どこにでも運命と必然を見出そうとする。自分の物語を紡ぐためならば森羅万象利用し尽してやろうと試みる！　疑いを知らぬ！　慎みを知らぬ！　恥じらいを知らぬ！　それに、それにだ！　助け出すだなんてとんでもない話だ！　わしらは衣食住を提供し、今日という日まで面倒を見てきた！　ろくに記憶も残っていないおまえたちの世話を焼いてきた！　その恩に対して何か思うところはないのか？　いや恩知らずもいいところ！　文字通りの豚と言えるだろうよ！　閉じ込められているのが何よりの自由と幸福だと、これほど長くいるのにどうして理解できないのだ？　馬鹿馬鹿しい限り、ふざけているとしか思えぬわ！　手紙がたった一通届いただけで早くも起死回生ときた！　喜びのあまり踊り出しかねないときた！　どうかしている！　もともと狂っていたのだろうが、確かに、この部屋で長く暮らし過ぎたのかもしれんな！」

その話し振りから老人の配下までが窮地に追い込まれていると知り、「君子」は今こそ好機とばかりに反論に取りかかる。

「失礼ですが、僕たちが双子と驢馬を待っていると知っていたのはあなたたち四人だけですよね？　誰か知らない人が悪戯で送ってくるなんて考えられません！　何よりも、それほどまでに必死に否定する振る舞いこそ、双子がここに向かってきていると認めている証拠なのではないですか？　僕たちはみつるとことみが驢馬に跨がってやって来ると再び信じることにします！」

はっきりと考えを口にした息子に「君子危うきに近寄らず」は頼もしさを感じた。彼はさらに言葉を添えて手助けしようとする。

「お言葉ですが、あなたたち四人のなかに裏切り者がいるとも考えられるのではありませんか？　仕事に心底飽きている誰か、例えば若く可能性に満ち溢れた者などが、私たちを喜ばせ同僚を落胆させるために書いたとも考えられるでしょう」

「君子危うきに近寄らず」は配下たちの猜疑心を青年一人に向けさせ、職務に支障を生じさせようとしたのであった。

言葉の含みにいち早く気づいた青年は、誤解を解くため声高《こわだか》に叫んだ。

「いい加減にしてくれないか！　僕はきみたちに優しくしてきたじゃないか。わざわざいじめたりはしなかったわけだし、きみたちの描いていた地図だって、これも仕事だと割り切って消しただけなんだ。そりゃ、僕は特別熱心な働き手ではないかもしれないけれど、仕事は真面目にやっているし、きみたちの事情にも興味なんてないんだ。僕が状況をややこしくするために手紙を書くわけないだろう？　退屈しているわけでもないし、きみたちに肩入れする理由もなければ、仕事仲間に嫌がらせする理由だってないんだからね！」

頷きながら聞いていた義手の配下は、同僚に注意を喚起すべく大声で言った。

「惑わされちゃいけない、こいつは俺たち四人を仲間割れさせるために喋ってるんだ！まったく、油断も隙もあったものじゃない。だが、落ち着くんだ、双子が実在しようがしまいが関係ない。これまで通り閉じ込めておいて、世話だけしていればいい。夢でも何でも好きなだけ見させておけばいい！　よしんば双子が実在するとしても、どのみちここまでは辿り着けやしない。何と言っても子供は飽きっぽいからな。きっと着く前に諦めてしまうだろうさ。それでも心配なら、噂は事実無根ですと返事を書いたっていいわけだ」

配下たちは手紙を回し合い、あれこれと長たらしい議論に耽り始めた。双子は実在するのかしないのか。仮に実在しないとすれば手紙の送り主は誰なのか。万が一ここまで来た場合は、どうやって追い払うべきなのか。それとも素直に親子を引き渡してしまうべきなのか。そもそも自分たちは誰かに非難されて然るべき所行に及んでいるのだろうか。オーナーには相談すべきか否か。

様々な問題が議論の俎上《そじょう》に載せられ、時間をかけて検討され、解決を見ぬまま消えていった。そうした取り留めのない話し合いや手紙の破られる音を耳にしながら、親子は布団に奥深く潜り、暗闇のなかで自分たちの勝利に酔い痴れた。あと少しで双子が驢馬に乗って来る。夢の蛹《さなぎ》を破り新しい身体を携え、きっと彼らはここに辿り着く。その事実は如何《いかん》とも動かし難いものとして、自分たちの生きる盤上に屹立《きつりつ》しているかのように思われた。

第三部

1

双子から手紙が届いて以来、親子はこれまで以上に仲睦《むつ》まじくなり、囲碁の指導にもより熱が入るようになった。碁盤はいよいよ十九路盤に拡張され、二人の石と石は一手ずつ盤上を埋めていき、複雑な模様を形成しながら互いを容赦なく殺し合っていた。

父親が次の一手を考えているあいだ、「君子」は碁盤の外に小さく可愛らしい絵を描くことがあった。よく描かれたのは碁盤のなかに入ろうとしている小さな双子と驢馬の絵だった。昆虫や魚であれば上手に描ける「君子」であったが、哺乳類の絵は苦手であるらしく、あるときは黒犬のような、またあるときは白熊のような、丸い目を持つ四つ足の獣が描かれた。ほとんどの場合、獣の隣には人間が二人立っていて、一目見ればそれがみつるとことみであるとわかる。二人と一頭は碁の観戦をしているだけでは満足できないのか、今にも盤上に飛び込もうとしているかのような、そんな体勢で描かれるのだった。

みつる、ことみ、ナカタニに見守られつつ、親子は観戦者たちの身体と同じくらい大きな碁石を次々と描き入れていく。彼らの関心を引くために奇抜な布石を敷いてみたり、大胆に敵陣に打ち込んでみたりする。そういうとき「君子」には双子の声や驢馬の嘶きが実際に聞こえてくるかの如く感じられた。

淡い期待や幻想を抱かぬように、親子は盤上には双子と驢馬の姿を見まいとしてきたが、それも今となっては昔のことだった。二人は再び彼らの旅を想像し、双子の歩いている土地やそこで交わされるであろう言葉について、心ゆくまで討議する自由を手に入れたのである。

「君子危うきに近寄らず」による空想の産物でもなければ「君子」のでっち上げた少年時代の思い出でもなく、双子が実際にこの世界に生きており、さらにはこの部屋に向かってきているという事実は親子を生き返らせた。暗闇そのものとなった部屋を逃れ、かつては二人とも朝から晩までトイレに籠っていたが、今はそうではない。対局の合間には目を休めるためベッドに寝転ぶようになっていたし、双子と驢馬の足取りについて黒い天井を眺めながら話し合うようにもなっていた。

親子は自分たちが間違っていなかったと知り、来る日も来る日も歓喜に燃えていた。対局を終えて桃色の小部屋から出れば暗闇のなかに連れ戻される。しかし、壁の向こうには自分たちの故郷があり、双子と驢馬が歩いていると思われる山岳地帯、半砂漠地帯、平原もまた同じ大地に広がっているのである。

ある日、「君子危うきに近寄らず」は取った相手の石、アゲハマを盤の外に記すと、隣にしゃがんでいる息子に言った。

「手紙が届いた以上、やらなくちゃならないことがあるね」

「君子」は次の一手を考えながら答えた。

「僕たちはもういちど地図を描かないといけない」

双子の歩く土地と自分たちの思い描く風景を重ね合わせるため、新しい地図を描くべき頃合いが訪れた。黒石と白石を使って世界を織り上げる訓練を積んだ親子には、今や迷いなど微塵もありはしなかった。

2

ジャムとバターを乗せたフルカワが神経を昂らせ、命令に従うことなく地平線の彼方へと走り去っていったとき、みつるとことみは呆気にとられはしたものの、特に慌てふためいたりはしなかった。自分たちから遠ざかりながら、二人の浮浪者は力の限り叫んだからである。

「お役に立てず申し訳ありませんでした！　またどこかで会いましょう！」

「どんなところからでも必ず戻ってきてみせます！」

二人はやがて駱駝に振り落とされ、砂の上で眠るように死んでいくのかもしれない。仮にそうなったとしても、双子はそれを残念とも思わなければ悲しいとも思わないであろう。一時的な失踪であれ死であれ、浮浪者たちは砂漠という黄金色のパンに染み込むようにして、言わば砂を被った本、開かれた書物のなかへ姿を隠したに過ぎず、これまで通り旅を続け辛抱強く頁《ページ》を繰っていけばどこかで再会できるはずだ、そんなふうにさえ思えていたからである。

あるいは彼らも自分たちの目的地を見出し、そちらの方に引き寄せられていくのかもしれない。それはそれで幸せな旅になるのではないか。みつるとことみは驢馬の背に揺られつつ、浮浪者と駱駝の旅路にも思いを馳せていた。

　こういった理由から、双子はジャムとバターを失いはしたが、決して足を止めようとしなかった。だが、歩けども歩けども砂漠には果てがなく、昂揚と陶酔のうちにある双子といえど地図を確かめる頻度は次第に高くなっていった。ナカタニから下りてみつるの代わりに荷物を背負ったとき、ことみも問わずにはいられなかった。

「ねえ、私たち、いつになったら着くと思う？」

疲れのほどは察したが嘘偽りで励ましてみても仕方ない。彼女の問いはみつるにも答えようのないものだった。

「砂漠は風の向きによって表情を変えるし、地図だってポケットから出すたびに皺の数が増えたり減ったりしているんだ。いつ着くのかなんてわからないよ」

　ことみは自らを元気づけるようにして言った。

「そうね、私たちが歩く速さだってまちまちだもの。わかるはずないわ。それにいつ着くとか、どこにあるとか、そんな問題じゃないはずよね。きっといつの間にか着いているような、そんな場所にあるんじゃないかしら。ひょっとしたら地図を写す暇すらなかったジャムとバターの方が、私たちより先に着くかもしれない」

　みつるは地図を広げて周囲の地形を見渡し、地図と現地の照合を行った。そしていくらか躊躇《ためら》った末に勇気を出して言った。

「これまで役に立ってくれた地図だけどさ、ひょっとしたらもう要らないんじゃないかな。砂丘は今だって形を変え続けている。地図があるからこそ生まれる不安もあると思うんだ。もちろん、最初はどの方角を目指したらいいのかわからなかったし、地図がなければこの砂漠にだって着けなかったはずさ。でも、今はここと平原さえ越えてしまえば、目的地近くの町が見えるところまで来ている。これまでみたく地図と風景をいちいち見比べなくても大丈夫だよ。ここはどこでそこはどこにあるのか、とか、そんなの心配しなくてもいいはずなんだ。根拠はないけれど、僕もその建物はいつの間にか着いているような場所にあると思う」

　ことみは異論を唱えたくなるのを抑え、考えを巡らせてみることにした。確かにそれで解消される不安もあるのだろうが、地図を直ちに捨ててしまうのはあまりに危険であるように思えた。やがて彼女は口を開いた。

「地図があるからこそ不安になるってことは認めるわ。正しく歩いていると思いきや道を見失っていたり、正しい道がそこにあるからこそ、あるいは正しい道を想定しているからこそ生まれる困難だって沢山あると思う。何が何でも誤りを修正しようとしたり、遠回りしてしまった分を挽回しようとしたりするうちに、知らず知らず泥沼に嵌まっているときってあるものね。ふと思いついた一見立派な計画に引き摺られすぎて、とんでもない過ちを犯してしまったり、それこそ数えきれないくらいの罠が存在している。でもね、地図を捨てて自分たちにまったくの自由、手に余るほど大きな自由を許してしまったら、まっすぐ歩くのさえままならなくなるはずよ。いくつか規則を設けておかなければ親子のもとになんて永久に辿り着けっこない」

長い沈黙が訪れるより先に、みつるは思い切った提案をした。

「ナカタニに地図を食べてもらうってのはどうだろう?」

ことみは笑ってしまったが、あながち悪くないようにも思えた。

「地図を飲み込んだナカタニをひたすら信じて歩き続けるというわけね。それならいちいち地図を確認する必要もなくなるし、ジャムやバターたちと競争するにしても、どうにか公平さが保たれるじゃないの!」

みつるもことみにつられて笑いながら言った。

「方角にだけ注意していれば、きっとそのうち着くはずさ」

こうして、地図を体内に取り込んだナカタニに任せればどんな過程を経ようとも必ず目的地に着くだろう、という突飛な考えが生まれ、双子の歩みはさらに早まることになった。

フルカワに跨がって駆けるジャムとバターの幻と競うようにして、双子と驢馬は忍耐の限りを尽くして進んでいく。

3

浮浪者の失踪に対する楽観的な反応、および地図を捨てるという決断にも表れているように、疲労は確実に二人の判断力を奪っていた。だが結果的にはそれが良い方向に働いた。地図を飲んだナカタニを頼りに双子は急速に目的地へと近づきつつあったのである。熱狂的な身振りで賭けに臨んだことで、ついに砂漠を抜けて平原に足を踏み入れられた。一切をナカタニに委ね自分たちの意思も放棄してしまったかのように歩く二人は、いかにも幸せそうな様子をしている。

自分たちの歩みに責任を負うのをやめた二人は、辺りに種を播くのみならず、これまでの記憶さえ気前良く捨てていった。確かにあまりに長く歩き続けてきた。どれほど旅を続けているのか当人たちにもわからない。風景の移ろいも緩慢になり、砂漠を越えて平原に入ったとはいえ、これまで以上に単調な景色を見ながら歩いていくだけである。夜が来るたび目を瞑り、朝が来るたび起き上がり、驢馬に跨がっては地平線に目を凝らす。一時は増えた荷物も再び軽くなってきており、眠るときにも寝袋などは使わなくなっていた。

目的地に近づけば近づくほど、柑橘類の種が減れば減るほどに大切な思い出を失っていくようだった。近づくことと忘れることは切っても切り離せない関係にあるらしく、立ち止まり靴に入った砂利を落とすたび、双子は転がり落ちる小石とともに故郷を忘れ、両親の顔を忘れ、時には互いの関係すら忘れそうになるのであった。変わらず播き続けている種がなければ、来た道を引き返すのも不可能となっていた。

荷物と記憶を手放しながら歩くうちに、双子はジャムとバターの生き方に前にも増して好感を抱くようになっていった。何も所有しておらず、あれほどまでに身軽であり、さらには自らの名まで忘れてしまっていた二人であれば、おそらくは自分たちより早く目的地に着くはずだ、そう思えてならなかった。

ことみはナカタニの上から、枯草色のリュックを背負うみつるに話しかける。

「力持ちのフルカワにあの二人が乗っているのなら、どうもこの競争は私たちの負けかもしれないわね」

「うん、その通りだね。ナカタニも頑張り屋だけれど、それこそ馬力というものが断然ちがうみたいだ」

「なんたって駱駝なんだからね。砂漠を歩くなら、あんなに素晴らしい動物は他にいないでしょう。ナカタニだけを頼りに砂漠を越えられたこと自体、いま振り返ってみると奇蹟みたいなものだわ」

二人の下す評価を聞いたためか、ナカタニは抗議するように嘶いた。

「ああ、ごめんよ、ナカタニ。もちろん、きみとフルカワを交換したいと思っているわけじゃないよ。この旅はもともと僕たち三人で始めたものなんだから」

「ほら、この葉っぱ、食べちゃいなさい。良い子ね、もうすぐでもっと美味しいものが食べられるようになるわ。そうよ、だって、絆が違うもの。なんだか生まれたときから一緒にいるみたい」

「旅で何よりも大切なのは絆だからね。ジャムとバターはフルカワと絆を強められていなかったんだ。だから突然、制御できなくなっちゃった」

「その点、私たちは何も心配なんていらない」

「ナカタニと一緒ならどこにだって行けるよ」

ことみのくれた萎れた野菜の葉を食べ終えると、ナカタニは地面に生えている草花の匂いを嗅ぎ始めた。ことみはナカタニから下りてみつると交替することにした。荷物を受け取ると彼女は言った。

「閉じ込められている人たちもまだ無事だといいけどね」

「僕たちがこうして旅をしている限り、きっと大丈夫さ」

「今もひどい目に遭っているのかしら」

「僕たちだって捕まれば同じ目に遭うかもしれないよ」

「そのときはどうしたらいいの？」

「隙を見て、みんなで一緒に逃げ出すんだ」

草を食むナカタニの姿を見ながらこんなふうに話しているとき、双子は自分たちが結末の手前にいると感じていたし、その事実に尻込みする様子も見せなかった。必要な品を集めるのではなく不要な品を捨てるべき地点に達していることは、旅の終わりが近づいている証であり、二人は相応の覚悟を迫られていたのである。

4

飢えに苛まれながら碁を打ち、親子は南瓜スープが運ばれてくるのを待っていた。朝食の白米はすでに消化されており、空腹を紛らすためには便所の手洗い場で水道水を飲まなければならない。対局の合間には水を飲んで腹を膨らませ、二人の棋士は勝負に集中しようと努めていた。

朝食と夕食の間が延びているのは明らかだった。おそらくは配下たちの巡らした策略であり、双子の存在を確信した親子を調子づかせぬように、絶えず空腹を味わわせておくつもりなのだろう。

「君子危うきに近寄らず」は父としての自覚を取り戻し、息子の前では決して不安を漏らさなくなっていたし、「君子」も双子を信じ、もう二度と泣き言は言うまいと気を引き締めていた。水を飲むことで飢えに耐え抜き、時には鉛筆さえ齧りながら、二人は碁盤のなかに生きようとした。

しかし囲碁に夢中になるだけでなく、そろそろ地図の作成を始めなければならない。踏破すべき大地も足を休めるべき町も壁から消えてしまった以上、双子と驢馬も旅を諦めてしまいかねない。親子は碁石を描き込みながら地図をどこに描くべきか考えていた。数え切れぬほどの碁石を並べては対局の終わるたびに消してきたトイレの扉は、地図を描くには些か狭すぎる。

床に散らばった消し屑を集めながら「君子危うきに近寄らず」は言った。

「困ったものだなあ。せっかく二人が近づいてきているというのに、私たちは何もしてあげられないときている」

「君子」は打ち込みに対処しながら答える。

「僕たちが地図を描いてあげないと、二人は途中で迷ってしまうかもしれない」

「どうすればいいんだろうか。この扉では手狭だし、部屋の壁は真っ黒で、地図なんて描けたものではない。どうやら八方塞がりのようだね」

「君子危うきに近寄らず」は消し屑をトイレに流し、盤面に向き直った。そして息子の言葉を待つ。

右上の白石を追い立てるため「君子」は最初にコスミツケを打ち、相手の根拠を奪うことにした。黒石を描き込むと鉛筆を父に渡し、それから言った。

「でも、待ってるだけじゃだめだよね。それじゃあ今までと何も変わらない。僕たちは僕たちで頑張らないと、あの二人だって来てくれないと思う」

対局が終わるまでのあいだ「君子危うきに近寄らず」は息子の言葉を何度となく反芻した。こちらも息子の決意に応えなければと思い、彼は碁を打ちながらも地図の準備について考え続けていた。そのせいもあってか、いつもならどう打っても二十目から三十目ほどの差がついてしまうのだが、この日は「君子」があと一歩のところまで父を追い詰めた。

対局が終わると二人はベッドに寝転がり、黙って天井を眺め始めた。天井を盤面に見立てて対局を振り返ることもあったが、この日は二人とも地図のことばかり考えている。

「君子危うきに近寄らず」が起き上がり口を開いた。

「あの四人に頼んでノートをもらうというのはどうだろう？　ばらばらにしてから貼り合わせれば大きな一枚の紙になるし、折り畳んでしまえばどこにでも隠しておける」

「君子」は寝そべったまま答える。

「そんなのうまくいきっこないよ。そもそもなんて言ってノートをねだるつもりなの？　欲しがるものを素直に渡してくれるとは思えないなあ」

「まあ、そうだろうね。それに双子は危険を承知でこちらに向かってきているんだ。今さらあいつらの目を気にしてみても仕方あるまい。ここそこ描くより堂々と描いた方がいいに決まってる」

そう言うと「君子危うきに近寄らず」は再び寝転がった。「君子」も天井に目を走らせ打開策がないかどうか考える。消えてしまった土地を蘇らせるためにはどうしたらいいのだろうか。部屋の外では夜が深まっていたが、親子は依然として空腹の度合いでのみ時間を計測しようとしていた。

ややあって、天井を睨み続けていた「君子」が名案の在り処へ辿り着く。

「そうだ、白い絵の具を使えばいいんだよ！　白い絵の具でそのまま壁に描いていけばいいじゃないか！」

束の間陶然とした「君子危うきに近寄らず」だったが、冷静になるとすぐさま懸念を示した。

「良い考えだとは思うけど、白い絵の具だってもらえやしないだろう」

だが、黒地に白で描いていくという方法そのものは、これ以上ない発想であるように思えた。「君子危うきに近寄らず」は息子の言葉を思索の中心に据え、失われた町を復元し、そこで暮らしていた人々を蘇らせる方法を探し続ける。

しばらくすると、彼は希望に燃え立つような笑顔とともに立ち上がり、小机の方に近づいていった。そして朝に平らげた白米のボウルと銀のフォークを掲げて叫ぶ。

「君子、わかったぞ！　ほら、これだ、これを使うんだよ！　天井から人と大地を削り出すんだ！　黒を削って白に変えてしまえばいいのさ！」

父の声はかつてないほどに大きかったので、うとうとしていた「君子」もすぐに身を起こすことになった。「君子危うきに近寄らず」は息子を抱き寄せ、その手にフォークを握らせると、熱い涙を零してみせた。ようやく双子を待つだけではなく、こちらからも迎えに行けるようになったのである。

この日から、親子は食器を使い壁を削る作業に身を捧げるようになった。二人の姿はまるで、遺跡の発掘作業にあたる考古学者のようでもあれば、脱獄のためにトンネルを掘る囚人のようでもあった。

5

左手をつき体重を預けつつ、「君子」は右手に握ったスプーンで壁の表面を削り続けていた。壁とスプーンの擦れる音がごりごりと響き、彼の手にはその振動が仕事をしている実感として快く感じられる。その隣には「君子危うきに近寄らず」が立ち、息子と肩を並べられる歓びに身を浸している。碁とは異なり、次の一手を待ちながら相手の思考を読み取ろうとする、あの微妙な交感の状態は薄れてしまっているが、その代わりここには、腕に力を込めて全身でひとつの作品をつくりあげるという愉しみがある。

親子は壁を削るのに疲れたら囲碁を打ち、対局が終われば仕事に戻るという生活を送っていた。朝食の後では白米を口に運んだフォークを使い、夜になり朝の食器が下げられると今度は南瓜スープを飲んだばかりのスプーンを使う。地図の作成に取りかかる前には洗面台でよく洗い、何の変哲もない食器を創造に適した道具へと変身させる。

始めのうちは配下たちも黙ってはいなかった。壁に白い線が走り、新たな世界が描き出されていくのを見れば、直ちにペンキを持ち込んで塗り潰し作業に取りかかるようにしていた。しかし、何度消されたところで親子は地図を諦めようとせず、配下たちが立ち去るや否や壁に向かい、また最初から削り始めるのだった。鉛筆で描いた石を消してもサインペンで描いた碁盤は残るように、白線が塗り潰されたとしても、そこには黒い大地がまるごと残される。

親子の妄想が形をとって壁に現れていることは配下たちにとって恐れの対象でしかなかった。これまでは何をしていようとも長期に亘る監禁によって正気を失った人間として扱い、嘲笑っていればよかったのだが、手紙が届いたせいで単なる妄想であるのかそれともすべてが事実であるのか、判断する根拠を奪われてしまった。そして、いつしか地図を消す作業にも疲れ切り、親子の作業は晴れて黙認されることになった。

壁の薄片が樹皮のように剝がれ、ぱらぱらとベッドに降り注ぐ。「君子」はスプーンに映る自分に見守られながら、かつての夢想を土のなかから掘り起こし、再び確かな現実として迎え入れようとしていた。スプーンを握る右手に力を込め、彼は思い切りよく白い線を引いていく。

親子はかつての地図を再現するのではなく、双子を導くために新たな地図を描こうとしていた。待つための地図は迎えに行くための地図でもあり、壁を削り光を内部に招くことは、双子との間にある障壁を取り去り、彼らの通行を手助けすることでもあった。ペンキが剝がれ落ちるたび顔を覗かせる白は、長いこと親子の部屋に欠けていた色彩であり、その出現は二人を陶酔に誘うのだった。双子は実在するのかしないのか、確信が持てぬまま描いていたときとは違い、自分の身体も手に握っているスプーンも、徐々に白色の領域を広げていく壁も、何もかもが双子や驢馬との繫がりのなかにあるように思われた。

「君子危うきに近寄らず」は以前は窓の近くに描いていたペンションと五つの楕円を天井に移し、自分たちの居場所を中心とする世界を構築しようと目論んでいた。ペンションを中心に置けば、双子はどのような道を歩もうといつかはここに到達するはずであり、どこかで迷ってしまう虞《おそ》れもなくなるからである。

ペンションの周囲には白い木々が植えられ、やがて鬱蒼とした森になった。「君子」は父の描いた森に夜行性の鳥獣を放ち、夜空にはペンションと同じくらいの大きさの三日月を描いた。こうして時刻が夜に定められると、「君子危うきに近寄らず」は月光を頼りに進む一行の絵を森林の裾のあたりに描いてみせた。地図のなかでは二人組と一頭の動物という組み合わせが何組か旅しており、壁を削っていくうちに以前サインペンで描いた双子が蘇ることもあった。「君子」が描いた三日月の表面にもかつて鉛筆で描いた双子と驢馬の足跡が残されている。

自分たちを閉じ込めている棺桶のような部屋から脱出するために、親子は懸命に壁を削り続けた。天井にある白いペンションは太陽のように輝き、二人の部屋もまた新しい太陽系の一部として編成し直される。ペンションを森が、森を町々が、町々を平原が、平原を砂漠が、そして砂漠を山岳地帯が、順次取り囲んでいき、親子の故郷、そして双子の転校先の町はそれらの外にある。もはや世界中探してみたところで意地の悪い人間は一人も見つからなかった。双子を確実に導くため、善良な棒人間のみが移住を許されたのだった。

描く方法の変化に伴って「君子」の生み出す動植物も生まれ変わり、より抽象度の高いものとなった。白地に黒い線を引いていた頃とは異なり、始めから混沌とした世界に光の滴を零すようにして描くようになったため、自然と筆触も変わっていったのである。まっさらな白紙と対峙し、一から作業にあたらねばならないという緊張から解放され、彼は夜の闇のなかで手探りし、あちこちに気紛れな光を放つようになった。想像力は自由に飛翔し、小さな宇宙の主となって周囲を照らし続ける。

「君子」はスプーンを身体と壁の間に挟み入れた。細心の注意を払いながら黒い小片を剝がし、その切れ目から光を覗かせてやる。射し込む光の向こうから、いずれ双子が驢馬に跨がって来るだろう。「君子」には双子の旅が自分の旅でもあるかのように感じられた。

そんな息子の様子を横目で眺めつつ、「君子危うきに近寄らず」はスプーンを持ち替え、柄の部分を使って大地に手を加え始めていた。彼はスプーンをナイフのように持ち、壁に細かな傷をつけていく。山頂には雪を降らせ、吹き荒れる風の向きがわかるように、砂漠には風紋を表す曲線を刻みつける。部屋の広さは変わらないが、傷をつけられるたび大地の表情は千変万化し、奥行きを増すとともに、その地を歩む双子と驢馬の物語を聞かせてくれる。壁を削る音とそこで語られる物語に耳を澄ましながら、親子も時に言葉を交わし、自らもそうした音のなかに溶け去ろうと試みる。

この日も二人は休みながら語り合った。

「父さんの描く砂漠には雪は降らないんだね」

「もちろん降らないさ。雪が降る砂漠なんて聞いたことがないからね」

「でも、砂漠を囲む山の上には雪が積もっているよ」

「そういうこともある。君子の描く動物だって水棲の哺乳類、そうだな、例えばマナティーか何かのようなのに、翼を持っているようにも見えるよ。水のなかを泳いでいるのか、大空を飛んでいるのか、父さんには全然わからない」

「どっちだっていいんだ。泳いでいるのかもしれないし、飛んでいるのかもしれない。どちらにせよ双子は近づいてきていて、動物たちもそれを祝福しているんだから」

「父さんの描く雪だって同じさ。さっきまで雪が降っていたかと思うとすぐに熱風が吹きつけてくる。道中では次々不思議なことが起こるけど、二人は諦めずに旅を続けてくれる」

「白いところを広げれば広げるほど、僕も二人のいるところに近づいているような気がするよ。本当に、もうすぐこの部屋ともお別れなんだね」

「そのようだね。さあ、仕事に戻るとしようか。父さんはもう少しだけ天井を削るから、君子には窓のあたりを頼めるかな」

二人は壁の方に向き直ると再びスプーンを握った。双子が驢馬にすべてを託し、縋りつくようにして曳き手を握っていたように、親子も銀色の食器を一本の命綱に変えて、外の世界との繋がりを保とうとしていたのである。

6

ついに双子は驢馬とともに町に辿り着いた。荷物という荷物を悉く手放しながら進んできたため、手元にはほとんど何も残されていない。柑橘類の種は到着と同時に播き終えていたし、棟梁のくれた刮削刀のことも忘れ、知らぬ間にどこかに落としてしまっていた。

これまでに見てきた風景や足の裏で感じてきた大地の起伏、二人で交わした言葉の数々も前に進めば進むほど色褪せていき、いつしか忘却の淵に沈んでいた。もう二人の浮浪者と一頭の駱駝の行方については考えもしなくなっていた。誰かを助けるという目的だけが変わらぬ輝きを放ち続けており、双子と驢馬は終着点に引き寄せられるようにして進んでいく。

みつるとことみは宿を探しながら互いの目を覗き込んだ。まるで相手の瞳が共有しているはずの思い出を映し出す銀幕でもあるかのように、二人はじっと見つめ合い、そこに過去を探し求める。双子であるというよりも長年連れ添ってきた夫婦であるというべきなのだろうか。驢馬を間に挟み男女は歩き続ける。

町の中心を走る大通りには何軒かの宿が向かい合って建っていた。双子と驢馬の気を引くため主人たちが手を振り笑いかけている。ある者は通りまで出てきて大声で誘い、またある者は窓を開き口笛を吹いた。自分たちが事実待たれていたように思い、二人の顔は自然とほころんだ。

長い旅路を進むうち双子は痩せ細り、見る者には触らずとも骨の硬さを感じさせるようになっていた。地図を飲み、腹のなかに大地を収め、双子を導いてきたナカタニも、すでに疲労の極みに達していた。双子を交互に乗せ、満足に食事もせず歩いてきたのだからそれも当然だった。忍耐強く丈夫であるとはいえ時によろめくことがあり、腱炎を起こしている可能性もあった。宿屋の前に繋がせてもらい、よく休ませてやらねばならない。心ゆくまで水を飲ませ、塩分とカルシウム、それに大量の野菜を与える必要だってあるだろう。

宿を決めかねている双子に、男が声をかけた。

「お二人さん、うちの宿に泊まっていきませんか？　エアコンもありますし、清潔なシャワールームもあります。この近くの宿では一番安い、というわけにはいきませんが、それでも値下げしてみせますし、何より、そこらの安宿とは比べるべくもない綺麗な部屋がうちの自慢でして！」

ことみはナカタニのたてがみに指を入れ、梳いてやりながら言った。

「シャワーですって？　とっても懐かしくて素敵な響きだわ。最後に浴びたのはいつだったかしら！　ところで、私たちだけじゃなくってこの子もゆっくりさせたいんだけど、どこかにそういうところはありますか？」

男は熱っぽく答えた。

「もちろんありますとも！　中庭を自由に使ってくれてかまいません。驢馬の食事に関しても、要望があれば気兼ねなく申しつけてください。こちらで用意できるものなら出来る限り提供します。厨房にある野菜はもちろんのこと、足りないものがあれば私が買いに行きましょう！」

宿の主人が二人を呼び込もうとしているなか、ナカタニはしきりに前足で地面を蹴っていた。空腹と疲労の現れが見て取れたので、みつるは言った。

「どうやら驢馬も疲れているみたいですので、あなたのところに何日か泊まることにします。宿はこの辺にあるのですか？」

みつるの言葉を聞くと、主人は二人の手を順に握って喜んだ。

「いや、良かった、良かった！　本当にありがとうございます！　宿はこの通りを進めばすぐに見えてきます。お泊まりの間、ほんの気持ちですが夕食もつけさせていただきます。いえ、お気になさらずに。驢馬を連れて歩くお二人の姿に、なぜだか心を動かされてしまったのです。さあ、行きましょう。驢馬の綱は私が握ります」

通りを歩き始めてから少し経つと、ふと主人は尋ねた。

「長旅でお疲れのようですが、お二人はなぜこの町を訪れたのですか？」

みつるとことみは答えた。

「閉じ込められている人たちを助けに来たんです。聞くところによると、この近くに人を監禁して痛めつけている建物があるそうですね」

「どこで噂を聞いたのかは覚えていませんが、僕たちはその人たちを助けるために歩き続け、どうにかこの町までやって来られたというわけです」

双子の確信に満ちた言葉に対して、主人は当惑したような様子で言った。

「なんですって、人が閉じ込められているですって？　申し訳ありません、なにぶん無知なものでして。いえ、単に私の勉強不足なのかもしれませんが、ですが、ですがねえ、いやはや、これはまた不思議なお話を持って来られた！」

7

おそらくは夜も深まってきたのであろう。鍵の回る音が聞こえ、義手をつけた配下が配膳盆を持って現れた。間違いなく朝食と夕食の間隔は広がっており、親子は布団のなかで腹をさすり飢えをごまかしていた。双子のみならず自分たちを閉じ込めている配下の出現をも待ち侘びているというのは、どこか奇妙な状況だった。

配下たちの計略は確かに一定以上の成果をあげていた。二人の食欲を握ることで反抗の意志を挫くという目標は半ば達成されたと言える。だが、配下たちへの敵意は削げたものの、双子に対して抱く執着はかえって強める結果になってしまった。

胃が直《じか》に締め上げられているかのような痛みは、親子にとって双子との接近の徴に他ならず、苦しみこそが彼らの到着の予感となっていたのである。そして、ひとたび壁を削る作業を始めてしまえば襲いかかる苦痛も快いものとなり、自分が自分であることに居心地の良さすら感じられるようになるのだった。

今さらながら配下たちは手紙を見せたことを悔いていた。親子が自ら手紙を書き、何らかの方法でこの建物に送ったのではないかと思い、念のために尋問を行ったのが裏目に出た。妄想の産物としか思えなかった双子から実際に手紙が届き、親子は不死の身体でも手に入れたかのように生きるようになった。何度黒く塗り直してもその都度二人は立ち上がり、スプーンやフォーク、さらには皿の縁などを使って作業を再開する。消されたところで問題ない、という態度で一から削り始める姿に配下たちも気圧《けお》され、やがて地図は放任されることになった。

部屋に入ってきた義手の配下は配膳盆を持ったまま壁を眺め、しばらくその場に立ち尽くしていた。サインペンで描いていた頃にはあれこれ文句をつけてきたこの男も、今では口を噤み、壁中を走る白線を見つめるだけになっていた。

義手の配下は設えられた小机にボウルを置いた。「君子危うきに近寄らず」が鶏肉入り南瓜スープの匂いを嗅ぎ、溢れんばかりの唾液を飲み込んだとき、「君子」は早くも食べ終えたあとの作業について考えており、壁と向かい合う瞬間の歓びを食事より先に味わっていた。

配膳盆に朝食の皿とコップを載せ、義手の配下は部屋から立ち去ろうとしていた。彼は黙って扉の前まで歩いていったが、ふと立ち止まると苦々しい顔つきで言った。

「言っておくがな、双子が助けに来てくれるだなんて簡単に信じるんじゃないぞ。どうせ何にも変わりはしないんだからな。おまえたちは死ぬまでこの部屋にいると決まっているんだ。そしてそれについては俺たちに感謝しなくてはならないはずだ。俺たちが南瓜スープを作るのをやめたらどうなるか、その逞しい想像力を少し働かせてみるといい」

「君子危うきに近寄らず」はスープのボウルに手を伸ばしながら言った。

「ええ、わかっていますとも。食事については感謝の気持ちを忘れないように心掛けています。しかし、双子が私と息子を助けるために旅しているというのは紛れもない事実なのです。私も息子も、間もなくここを出るでしょう。今まで衣食住を提供していただいたことには私たちも大いに恩義を感じております。ですが、驢馬の蹄の音が聞こえてくる日は遠くありません。私たちは再び太陽のもとに出ていくのです。私たち親子はもう何も恐れません。何度消されても翌朝には新たに一本の線を引くでしょうし、たとえスプーンやフォークを取りあげたとしても、両手の爪で壁を削るのまでは止められません」

父の迷いなき言葉を聞き、「君子」も勇気を出して言った。

「壁を削っているとき、僕は僕が生きているということを強く感じます。きっと双子も旅をしながらこういう気持ちになっているんだと思います」

義手の配下は顔を歪め、去り際恨めしげに吐き捨てた。

「わざわざ自分の部屋を汚くしているんだからな！　もう二度と掃除はしてやらんぞ。せいぜい滑稽な努力を続けるがいい」

親子はそんな捨て台詞など聞いてはおらず、配下が立ち去るとさっそく腹を満たし、就寝前のひと仕事に取りかかる。

8

宿の主人に話を聞いてみると、仮に人を監禁している建物があるとすれば、町外れの森に建っている宿泊施設がそうなのではないか、とのことだった。もちろん主人は噂を頭から信じたわけではなかったが、双子に近辺を歩くための観光マップを渡し、地図の端に広がっている森のなかに建物の位置を描き足してくれた。

森に踏み込む前に疲れをとると決めた二人は束の間の休息を楽しみ、久しぶりに無為な生活を送っていた。使命感に取り憑かれた状態から一時的に脱し、みつるもことみもまるで夏休みを迎えた子供のように、夜更かしをしては昼過ぎまで眠ったり、目的もなく町をぶらぶらしたり、そんなふうに過ごしていた。

ある日双子は文房具屋で十二色の油性マーカー、模造紙、それにセロハンテープを買ってきた。二台のベッドを避けながら床に模造紙を広げ、全体を貼り合わせると、二人は四つん這いになり隅々まで皺を伸ばしていった。部屋の床は、入り口の辺りから窓のある奥の壁際まで、模造紙によって一面覆い尽くされる。

みつるは入り口近く、模造紙の一角に観光マップを貼りつけた。

「よし、ここがいま僕たちのいる町だ」

模造紙に小さな地図が重ねられ、現在地が宣言されると、ことみは言った。

「おさらいに取りかかるとしましょう！」

双子はそれぞれ好きな色のペンを執り、自分たちの旅路を振り返った。しかし、思い出そうにも思い出せぬ日々を振り返ってみても仕方なく、二人は気の向くままにペンを走らせることにした。

ことみは自分たちの現在いる町、貼りつけられた観光マップの中心から、窓の下の辺り、おそらくは故郷があると思われる地点まで、模造紙の上にくねくねと曲がる線を描き、その上にオレンジの木を植えていった。自分たちが後にしてきた故郷までの帰路を示すべく、地図の上を、部屋のなかを、彼女は柑橘類の香りで満たすのであった。

現在地と出発地を結ぶため、木を植えながら窓の方に近づいていくことみに対して、みつるは現在地、観光マップの周辺に留まり、黄土色のペンを使って越えてきたばかりの乾燥地帯を描き出そうとしていた。ことみは焦げ茶色で樹木の幹を、緑色で生い茂る葉を、橙色で甘酸っぱい果実を描いていたが、彼は黄土色の点をまぶし砂を生じさせ、黄緑色の仙人掌を散在させ、その地に今にも干上がりそうな水色の細流を流すのに熱中した。

二人とも、自分たちは本当はどこから来たのか、どんな道を辿り、何を考えながらここまで歩いて来たのか、ということは気にかけていなかった。そうでなくむしろ自らの手で過去を作りだすようにして、自由気ままに、おそらくは間違いだらけの地図を描く。

模造紙の上を楽しげに這い回る二人の身体の間から、これまで決して見たことなどなかったはずの建物が現れ、動植物が顔を覗かせ、床の地図は信憑性を失いながらも豊かなものとなっていく。ペン先からは水が溢れ、葉を艶やかに濡らし木々を生長させ、動物たちの渇きを癒す。渡り鳥の群れが飛び去り、双子を乗せた驢馬が嘶き、果ては鰐《わに》までが川辺に這い出して大きな口を開ける。こうした獣たちの肉体にペンを入れながら家屋の屋根を膝小僧で潰してしまうとき、双子の皮膚にも赤や緑が滲んで移り、相似た二つの身体も自然と色づくのであった。

窓辺には強い日光が射し込んでおり、ことみの身体は地図の上でじっとりと汗ばんでいた。彼女は風を求め、皮膚に張りつくシャツで扇《あお》いでいる。その様子を見たみつるはコップに水を汲み、部屋の中央に生えているオレンジの木の上にそれを置いた。

「あら、ありがとう！」

ことみは喉を鳴らして飲み干す。そして水を汲み直してくると、今度はみつるに差し出した。

「どうもありがとう」

みつるも同じように飲み干し、先程と同じ木のてっぺんにコップを置いた。

「来た道を描くのもいいけれど、やっぱり目的地の方も描かなくっちゃ」

ことみがそう言うと、みつるは喉を潤したばかりの声で答えた。

「そうだね、旅はまだ終わったわけじゃないんだ」

二人は膝をついたまま入り口の方に移動し、模造紙に貼られた観光マップをめくりあげる。

「描くならここだよね」

「私が建物を描くから、みつるはなかを描いてちょうだい」

小さな地図をめくった箇所に、双子は人々が監禁されているであろう建造物を描き始める。油性マーカーの細字の方を使い、ことみが建物の外観を、みつるが内部の見取り図を大雑把に描いていく。森のなかで大きな石を引っくり返すと、そこには蠢《うごめ》く微小な虫たちが見つかるように、観光マップをめくりあげると、その裏からは苦痛に喘ぐ被監禁者たちの声が実際に聞こえてくるかのようだった。

建物の内外やそこで暮らす人々の様子を描き終えると、双子はもういちどその箇所を観光マップで覆った。旅の目的を再確認した二人は油性マーカーをケースに収め、出来上がったばかりの地図の上に寝転がった。

「早く助けに行かないと」

「ええ、そのために来たんだもの」

ようやくここまで来たという達成感と、地図を描く作業による快い疲労、それから自分たちを待っている人々への思いが混じり涙となり、双子の頬を伝って雨のように大地を湿らせた。

9

ある日の夕方、双子はそれまでの宿泊費を払い、驢馬を連れて町を出た。二人とも少し緊張した面持ちをしていたが、ナカタニはいつもと変わらぬ様子で歩いていた。その瞳は優しげであり、久しぶりにたくさん野菜を食べた甲斐あって、肋骨の浮き出ていた身体もかつての重みを取り戻したようだった。それに比べて双子の身体は依然として骨張っており、二人は自分たちの身体が軽くなっていく過程や、物忘れが激しくなっていく過程を楽しんでいた。

すでに両者ともにナカタニとどこで出会ったのか覚えていなかった上、支払った宿泊費を養豚場で稼いだことも覚えていなかった。誰から噂を聞いたのか、また誰から地図をもらったのか、そしてなぜそれをナカタニに食べさせてしまったのか、とうに忘れてしまっていたし、思い出そうとすらしなくなっていた。

これまでにも何度か様子を見に行った森の入り口で、二人と一頭は足を止めた。森は快く一行を受け入れようとしているかのように見えた。双子は今までは探索を中断して引き返していた地点、道が消えてしまうところまで歩こうと決めた。

二人は曳き手を握り締め、いざ森のなかへと踏み込んでいった。その瞬間、ナカタニは元気よく嘶いてみせた。双子は驢馬の余裕を微笑ましく思い、冒険の終わりを予感しながらも軽快に歩を進めていく。

「それにしてもどうやって助け出せばいいのかしら。堂々と正面から向かった挙げ句捕まってしまったら、それこそ何にもならないわ。本当は町からの使いでも装ってお酒や果物なんかを持っていくべきなのかも」

「ひとまず建物を見つけるとしよう。丘の上にあるみたいだけど、ちゃんとした道があるわけじゃないし、注意深く歩かないと迷っちゃいそうだ」

「歩いて歩いて何日も彷徨い続けて、何年という歳月が流れ去って、ようやく建物が見えてくる。そのときには今よりずっと多くのことを忘れてしまっていたら、私たちどうしたらいいのかしらね。閉じ込められている人を助け出せたとしても、そのあと途方に暮れてしまいそう」

「そんなときのために種を播き続けてきたんじゃないか。町まで戻ることができればあとは簡単だよ。目印の木を辿るだけで帰れるんだから。助けた人たちも連れてみんなで帰路につけばいい」

「それで、また新しく旅が始まるというわけね。旅するうちに忘れたことを思い出しながら、ナカタニと歩いてきた道をもういちど辿り直し、もとの暮らしに戻っていく。すっからかんになって行き着いたと思ったら、今度は落としたものを拾いながら帰るだなんて、ほんとにおかしな旅ですこと」

大切な記憶を失ってしまう心地よさ、心身ともに軽くなりいっそう醒めていくかのような陶酔を味わいながら、双子は森の奥を目指して進んでいった。日も沈んできており、木の葉を透過し降り注ぐ光が弱まる一方で、決して木陰から出てこようとしない腐りかけた倒木の黒みは徐々に濃くなり、訪れる夜に合わせて静かに自己主張を始めたかのようだった。

湿り気を帯びた森の土は踏むときに鳴る音も慎ましやかであり、熱せられた砂の軋る音とはまた違った印象を与えてくれた。無意識に足並みを揃えて歩く双子の足音に覆い被さるようにして、四つの蹄が堅実な響きを添えている。ことみはナカタニを撫でながらみつるの横顔に視線を走らせる。同じ目的地を思い描き、一頭の驢馬を連れ歩き、思い出を作ってきたというのに、今ではそれらの記憶すら失いつつあるのだ。彼女は様々に思いを巡らせ、再び前だけ見据えて歩き続けようと誓う。

双子ではなく、もちろん夫婦などでもなく、本当はただたたひとりの人間が一頭の驢馬に跨がり、ただひとつの旅に身を捧げているのかもしれない。ことみが朧げながらそう考えていたとき、耳を回すようにして動かすナカタニを間に挟み、みつるの身体も似たような感覚のうちにあった。

10

親子を狭い空間に押し込めてその不動性と黒みによって圧迫していた壁も、今では至るところに亀裂を生じさせていた。食器を使って引いた白線が、閉ざされた部屋に外の光を招き入れていたのである。無数のひび割れの向こうから不意に双子の笑い声や驢馬の嘶きが聞こえてきたとしても、別段おかしくはなかった。

今日も二人は壁と向き合いフォークを握り締めていた。室温の変化と空気の湿り気から察するにどうやら梅雨入りしたようだった。窓から外を見ることはできなくともペンションと森林を包み込む雨音は聞こえてくる。

「君子危うきに近寄らず」は言った。

「部屋のなかにも雨を降らせてみよう」

そう言うと、雨がさらに激しく降ることを望んでいるかのように、彼は息子の見ている前で森への加筆を始める。少し前に浴場からくすねてきた剃刀の刃を使い、細かな線を引いていく。白い樹木の埋め尽くしている辺りを彼の描く雨は一条、また一条と斜めに横切り、森は見る間に無数の斜線によって切り刻まれてしまった。双子と驢馬も身体に線を入れられ、びっしょりと雨に濡らされてしまう。

「本当だ！　壁の表面からもぽつぽつ聞こえてくるみたいだ」

「君子」は外の雨音を聞きながら、父の剃刀から流れ落ちる水の音にも耳を澄ましていた。彼もフォークを握り、降りしきる雨音に壁を削る音を慎重に溶け込ませていく。フォークではその形状ゆえスプーンより細い線を引かざるを得ないが、大きく削り取りたいと思ったときには柄の部分を使えばいい。時には鉛筆のように、時にはナイフのように、「君子」は描く対象に合わせてフォークを握り直す。形状を活かし思い切って同時に四本の平行曲線を引くこともあったが、そんなとき、彼の描く動物たちは全身に縞模様を彫り上げられ、何とも奇妙な身体を携えて現れるのだった。

「最近、ようやく道具の使い方がわかってきた。フォークにはフォークでしか描けない線があるし、スプーンにもスプーン特有のタッチがあるんだね」

「父さんも、ほら、剃刀まで使うようになったよ。描きたいものに合わせて道具を持ち替えるというのは、なんだか服を着替えるみたいで気持ちがいい」

親子は雨に祈るようにして壁を削り、とうとうやって来ようとしている双子を歓迎していた。雨の音は驢馬の足音や双子の声が混じっているかのように聞こえることもあった。「君子」は歓びの気持ちを示すため、しばしばフォークでアルミ製のベッドを打ち鳴らし、冷たく快い金属音を響かせた。雨の音と壁を削る音、驢馬の蹄の立てる足音と双子の口ずさむ歌、それらの隙間に息子が新しく銀の音符を滑り込ませるのを聞き、「君子危うきに近寄らず」は思わず目頭を熱くした。

11

未明、双子はペンションの前で長いこと佇んでいた。窓から洩れる蛍光灯の光と建物を包み込むような淡いランタンの明かりが、夜の暗がりのなかにペンションと周囲の樹木を浮かび上がらせている。

気持ちを落ち着かせようとして深呼吸を繰り返すことみを見て、みつるも胸を高鳴らせていた。目の前には夢にまで見たペンションがあり、表戸を押せば容易くなかに入っていけそうだった。もし扉の向こうに自分たちを待っている人々がいれば旅は成功だったと言えるし、そうでなければ失意とともに帰路につくしかない。

みつるは低く抑えた声で言った。

「人がいるかどうか外から眺めてみよう。最初から扉を叩く必要はない」

「何か合図を送っているかもしれないしね」

二人は離れたところにナカタニを繋ぐと、様子を窺うためペンションに近づいていった。みつるもことみも呼吸を整え、時たま囁き合う他には声を出さないように気をつけた。

ペンションの前庭は畑として利用されているようだった。双子は至るところに繁茂し蔓を伸ばしている植物を踏むまいと注意していたが、暗がりゆえそれが南瓜畑であることには気づかなったし、ましてや監禁されている人間が南瓜スープばかり飲まされていることなど知る由もなかった。

裏に回ったみつるとことみは被監禁者たちが実在する証、自分たちの世界と彼らの世界を一冊の本として綴じ合わせている糸の結び目を発見することになった。

「あっ、あれ、見てよ、みつる、あれ！」

ことみが言い終わるより早く、みつるは何枚もの板を打ち付けられて塞がれた窓を見た。飛び降りによる逃亡を防ぐための細工であるのは明らかで、その窓は旅の軌跡すべてを肯定してくれる眩《まばゆ》い真実の顕われでもあった。

みつるは辺りの小石を拾い、窓を塞いでいる板に向かって投げつけた。すると数秒が経ったのち内からガラスを叩く音が聞こえてきた。みつるは歓呼の声を上げた。

「間違いない、あの部屋だ！　あそこにいるんだ！」

無事に内部との繋がりが生まれ、双子の気持ちはいよいよ舞い上がる。あとはそこから助け出して速やかに帰路につくだけだった。

先に冷静さを取り戻すと、ことみは声を落として言った。

「でも、どうしたらいいの？　一階ならともかく二階じゃ外から助けるなんて無理よ。正面から入っていくしかないのかしら」

みつるも逸る気持ちを鎮めて答える。

「嘘をついてなかに入るしかないようだね。森で迷ってしまった、とか、驢馬が足に怪我をしてしまった、とか、何か適当なでまかせを言おう」

「ちゃんと部屋の位置も覚えておかなくちゃ」

「ことみはここで待機していてもいいんだよ。何かあったときのためにひとり残っていた方がいいかもしれない」

「確かにそうだけど、ここまで来たのに私だけ大人しく待機だなんて絶対にいや。それに、力を合わせなくちゃならない瞬間だってまだあるはずだもの」

「よし、それなら最後の扉も二人で一緒に押すとしよう」

双子は窓を見上げ作戦会議を開いていたが、繋がれていたナカタニが眠れずにいたらしく、大声で嘶いてしまった。夜の大気を伝わりどこまでも届きそうな声が、建物内部にも響いていないはずがない。長々と作戦を練っていられる状態ではなくなり、二人は足早に正面に回り意を決して扉を叩いた。

しばらくすると扉が開き、義手をつけていると思われる男が出てきた。そして何か言おうとする双子を遮って意外な言葉を口にした。

「まさか本当にやって来るとはな、まったくもって迷惑千万だ！」

12

投げられた小石が窓を塞ぐ板を打ち、続いて驢馬の嘶きが聞こえてきたとき、親子の鼓動は自然と速まった。その様子はまるで、壁一面が地図となっている部屋に二つの巨大な心臓が据え置かれ、それぞれのベッドの上で脈打っているかのようだった。

窓を叩き返すと、「君子危うきに近寄らず」は部屋を所狭しと動き回り、考えに耽り始めた。どれほどの空間的な隔たりを越えて、またどれほどの時間を費やして、双子と驢馬はここまで来たのだろうか。彼はこの部屋で流れた時間の象徴とも言える長髪をかき上げながら、それと同時に、監禁が始まったのはつい昨日のことであり、翌日である今日この日には早くも双子が助けに来てくれたのではないか、と思う不思議な錯覚を抱いていた。

父親がこのような錯覚に囚われていたとき、「君子」はベッドの上に立ち、スプーンを持った手をだらりと下げ、陶然とした様子で壁の地図と向き合っていた。もう加筆する必要はなく、自分の作品であると誇示するために名を書き記す必要もなかった。自分が自分であることも重要ではなく、双子がかつての同級生であろうとそうでなかろうと、実際には驢馬でなく、驢馬のように鳴く駱駝に跨がって来ていようとも構わなかった。どのような形であれ彼らは事実この世界に生きていたのであり、ここまで死に物狂いで歩いてきてくれたのだから。

最初のうちは気休めのつもりで描いていた親子の地図は、ついに彼らの暮らしている世界と寸分違《たが》わず一致してしまったようだった。部屋中を見渡してみたところで嘘らしい嘘はどこにも見当たらない。壁にできた染みや床にこびりついているスープの汚れでさえ地図の一部となっていたが、そうしたすべての気紛れな偶然や避けがたい粗雑さを内包しながらも地図は信じるに足るものとなっていたのである。

「君子危うきに近寄らず」は息子に語りかける。

「こんなに素晴らしい夜は人生で最後かもしれないよ。父さんと君子の地図が正しいと証明された夜だからね」

「君子」は苦楽をともにした仲間であり、碁の師であり、また地図の共同制作者でもある父に感謝しつつ、力強く答える。

「本当に素晴らしいね。この日を迎えるために僕たちはこれまで生きていたと言ってもいいくらいだ」

「地図を描きながら、囲碁を打ちながら、私たちは多くのことについて語り、お互いを励まし合ってきた。そして、ようやく今日という日がやって来た。君子、今まで本当にありがとう」

「父さん、もしかして泣いているの？」

「ああ、泣いているとも。実にいろいろなことがあった。あっという間だったようにも思えるし、永遠と変わらないほど長く閉じ込められていたようにも思える。不思議なものだ」

「僕だって、父さんと一緒だったから乗り越えられたんだ。さあ、あと少しでこの部屋ともお別れだね。何かやり残したことはないかな」

「みつるくんとことみちゃんが部屋に来るまでのあいだ、そうだな、最後に一局打とうじやないか」

「うん、一度くらい互先《たがいせん》で負かしておきたいと思っていたところさ」

13

親子は狭い個室のなかで身を寄せ合い、囲碁を打ち続けていた。一局また一局と打ち終えては消しゴムを使い新たに対局を開始する。そのたびに二人ともこれが部屋で打つ最後の一局になるかもしれないと考えるのだが、双子は一向に現れない。いつもならスープが運ばれてきてもいい頃合いであるにも拘わらず、配下たちもなかなかその姿を見せようとはしない。

間違いなく驢馬の嘶きが聞こえたというのに、自分たちはこのままいつまで碁に興じ続けるのだろうか。「君子危うきに近寄らず」は時おり不安に駆られつつも、目の前の対局に集中しようと心掛けていた。この耳で驢馬の鳴き声を聞いたのだ、今さら何を恐れることがあるだろう、窓を叩き返したのも私ではないか、息子の前で、そう、私の息子だ、いよいよ最後というときになって息子の前で格好の悪いところを見せるわけにはいかない。

このようにして彼は自らを奮い立たせ、記念すべき最後の一局は気を散らさず、黒と白の混交する盤の上に生きたいと願うのだった。

部屋の扉が開かれないことに焦っていた父親とは異なり、「君子」は冷静に一手一手を打っていた。長過ぎる幽閉生活のなかで彼も我知らず年を取っていた。地図を描くことや囲碁を打つことに熱中しながら、父と子の関係を結び、時には解き、そのたびにまた強く結び直す過程において成長を遂げ、今では一人前の棋士として対局相手の前に立ちはだかっていた。依然として棋力では父に及ばないものの、余計な不安を切り捨ててしまっているため集中力で優っており、一局一局は自然と接戦になるのであった。

交互に碁石を描き込みながら、二人は言葉を交わす。

「ここを出切られたらさすがの父さんでも厳しいはずだよ」

「いやいや、こんな手だってあるだろう」

「こうして右下隅の石と分断しちゃえば、ほら、父さんが劣勢に立つ」

「その代わり先手で左辺に回れるじゃないか」

「さっきのヒラキを活かして模様を作るつもりだね」

「見てみなさい、まだまだ父さんが勝っている」

「でも、さっきから不用意な手が多いんじゃないかな」

「それはおまえが強くなったということさ」

「そうなのかな」

「ああ、そうさ」

「父さん、二人がなかなか来ないから焦ってるんだ」

「そんなことはないさ。君子、あんまり喋ってばかりいると、この一局だって父さんが勝っちゃうぞ」

「大丈夫だよ。ちょっと手間取ってるだけで、二人は絶対に来るから」

「いつの間にか立場が逆転してしまったな。昔は心細くて泣いているおまえに、よくそんなふうに語りかけたものだ」

「ずいぶんと時間が経った」

「ああ、ずいぶんと時間が経った」

「もうすぐ出られる」

「そうだな」

「今頃交渉しているんじゃないかな」

「うん、きっとそうだ。しかし、ここから先はどうなるかわからない。地図に描けるのはここまでだったから」

「ところで、この打ち込みはどうかな?」

「ちょっと無理のある手かもしれないね。私ならこう切り返すんだが」

「それでも小さく捨てて活かすことができるかもしれない」

「ほんとうに、おまえは強くなった」

「それでもまだ互先では勝てない」

「あと少しでも双子が遅れていたら父さんは追い抜かされていたよ。命拾いしたということさ」

「みつるとことみちゃんにも碁を教えてあげたらどうかな」

「二人もおまえと同じでめきめきと上達していくだろうな」

壁を削り始めてからというもの、親子がこれほど立て続けに囲碁を打つことは滅多になくなっていた。久しぶりの真剣勝負は新鮮さに溢れていた。鉛筆の炭の光沢を帯びた石を描き込みながら、両者は石の動きから互いの考えを読み取ろうとしていた。自分の隣にいる人間が紛れもなく他人であることを知りつつ、それぞれの意図を探り合い、思いを交換し合い、ひとつの局面を形成していくという行為は、二人に心地よい充実感を与えるのだった。

勝負を続けるうち親子の注意は窓の方に向かなくなり、盤面にのみ注がれるようになった。鉛筆の芯が折れたため「君子」は桃色の小部屋を出て鉛筆削りを取りにいったが、板に塞がれた窓には朧げに映る自分の立ち姿を認めただけだった。次に打つべき最善手が心に浮かび、彼は足早に父の待つ小部屋へと戻る。

最後の一局を目指して打ち始めたはずなのに、終わりなく打ち続けられたら、という思いが高まり、親子は名勝負の連続、その幸福に溺れていった。

14

義手の男に招かれ双子は従業員用の部屋に入った。衣服や清掃道具を仕舞っておくための部屋であるらしく、ロッカーが並び、バケツが転がっており、壁にはモップやブラシが立てかけられている。部屋の中央には木製のテーブルと椅子があり、双子はそこに座るように勧められた。

双子が腰掛けると義手の男は部屋から出ていき、やがて三人の従業員を連れて戻ってきた。四人の配下が揃うと部屋はたちまち手狭になった。椅子は四つしかないため、みつるとことみにはそのまま座らせておき、四人の男たちは二人を囲むようにしてテーブルの周りに立った。

義手の配下が二人を見下ろしながら話し始める。

「所詮はあいつらの抱えている病的な妄想、縋りつくための夢物語の類いに過ぎないと高を括っていたら、ついにここまで来てしまったというわけか。おまえたちは達成感でも覚えているのかもしれないが、こちらからしてみれば何もかも破綻《はたん》してしまったようなものなのだ。壁の地図だってもっと早いうちに塗り潰しておくべきだったのだろう。最初から気に入らぬとは思っていたが、結果的にはあれが手紙を呼び込んでしまったのかもしれん。あいつらを甘やかし過ぎてしまったこと、それが私たちの落ち度だったと言えよう。ああ、実に困ったものだ、困り果ててしまった！　オーナーは予定外のこと、調和を乱すことを何より嫌うはずだというのに！　さあ、どうしてくれるのだ！　私たちが仕事を失いでもしたら如何にして償うつもりなのだ？」

男の言ったことが理解できず、ことみは説明を求める。

「ちょっと待ってください！　どうして私たちが来ることを予想していたように言うのですか？　さっきも私たちが誰だか知っているみたいに入れてくれましたが」

小太りの配下が唾とともに言葉を吐き散らす。

「いったい何を言い出すのかと思えば、馬鹿にしやがって、おまえたちが手紙をよこしたんだろうが！　前もって来ると予告していたのはおまえたちの方ではないか！」

みつるも問い尋ねずにはいられない。

「すみません、手紙というのは何のことでしょう？」

青年の配下は戸惑いを隠さずに尋ね返す。

「もしかして、あの手紙を覚えていないのかい？」

双子は代わる代わる言葉を返し、一つひとつ大切に積み上げていく。

「僕たち、ここに来るまでのあいだに多くのことを忘れてしまったんです」

「どこで生まれて、いつ驢馬と出会い、どんな道を通ってここまで来たのか、あまり覚えていないんです」

「でもオレンジの種を播きながら歩いてきたので、帰り道は心配ありません」

「一心不乱に旅をしてきたら、どうにかここまで来られたというわけです」

双子の返事を聞くと、老人の配下は勝ち誇ったように言った。

「おいおい、それではあの親子と一緒じゃないか！　何から何まで忘れてしまったときたか！　強い意志を持ってここまで来たのかと思いきや、あいつらと同じくただ迷い込んだだけだったとはなあ！　何だ、それならいいさ！　笑いがこみあげてくるくらいだよ！　おまえたちは本当に親子が心待ちにしていた双子、ふざけた手紙まで書いてよこしやがった、あの双子に違いないのかもしれんが、もしかしたらそうではないのかもしれんな。どうだかわからんよ！　いや、何とまあ頼りない救助者であろうか！　さんざん待たせてようやく来てくれたというのに、その頃には自分が誰であるかも忘れている！　息子の方は昔の同級生だと言っていたが、どうも今ではそれも心許ないようだ。おまえたちの方こそ誰かに助けてもらうべきなのではないか？　ひょっとすると私たちのオーナーも歓迎してくださるかもしれんぞ！　どうだ、今日からこのペンションで暮らしてみるというのは？」

みつるは毅然とした口調で言い返す。

「閉じ込められているのは親子なんですね？　そしてその親子は僕たちを待っているんですね？　それでは何があっても連れて帰らなければなりません！　仰る通り、僕たちは多くを忘れてしまいました。しかし、そんなのは大した問題ではないのです。記憶のあるなしなど問題ではありません。同級生だと言っているのなら、きっとそうなのでしょう。すべてはオレンジの木を辿って歩くうち自ずと明らかになります。いいですか？　問題はそんなことではないのです。不当な監禁を今すぐにやめていただきたい、要求はただそれだけです」

ことみもここぞとばかりに言葉を繋ぐ。

「本当に、物忘れの激しさなんてこの問題には関係ないんです。私たちは監禁されている人々、親子を助けるためにやって来ました。そのためには記憶もまた捨てねばならぬ荷物だったのでしょう。このペンションはそういう場所にあるのではありませんか？　そうであれば、私たちも率先して記憶など捨ててしまいたいと思っていたくらいです。さあ、どうかお願いです、私たちの同級生を返してください！」

形勢が五分になりつつあると判断し、義手の配下は落ち着いて言葉を選ぶ。

「その要求こそまさに不当なものだと言わざるを得ないな。森に倒れていた父親を保護し、徘徊していた息子を連れてきて、二人を再会させてやり、今日まで世話してきたのは私たちなのだ。そして私たちをそのように動かしているのが、オーナーの愛に他ならない。それなのになぜおまえたちはあの親子を奪い取ろうとするのだ？」

ことみも冷静に反論を試みる。

「どうして森で見つけてきた人々をいつまでも閉じ込めているのですか？　仮に森で拾ってきたという話が本当なのだとしても、それは決して監禁を続けてもいい理由にならないはずです！　なぜあなたたちは親子を捕らえたのですか？　そして、なぜそのままいつまでも閉じ込めているのですか？」

怒りに身を震わせ、小太りの配下が怒鳴り声をあげる。

「問いに問いで答えてどうするのだ！　それもひとつの問いではなく、ご丁寧に二つも三つも投げかけてくるとは！　何も覚えていないとは言っているが、おまえたちの育ちなどたかだか知れたものだ！　いいか、よく聞け、耳の穴をじゅうぶん広げておきやがれ！　俺たちはここの従業員であり、オーナーの指示に従って働いている。オーナーの指示、つまりは寛大な御心《みこころ》から発せられた命令に従い、親子の保護に踏み切り、閉じ込めておくための環境を作り、さらには毎日の食事まで用意し、その命を保証しているというわけだ。なぜと問うこと自体、すでに馬鹿げているとは思わないか？　糞ったれもここまでくれば子供の愛嬌では済まんぞ！」

ことみはなおも納得いかず、続けて問いかける。

「何度も申し訳ありませんが、それでも聞かせてください。オーナーはいったい何のために親子を閉じ込めているのですか？　まったく納得できません！　このペンションにとって何かそうする利点があるのでしょうか？」

他の三人に代わり、青年の配下が答える。

「オーナーの考えが誰にでもわかると思ったら大間違いだ。でも、オーナーは森に迷い込んだ人間を誰も彼も見境なく捕まえるわけではない、ということは知っておくべきだろうね。おそらくあの親子には捕まえるに値する魅力があったんだろう。もっとも、それは僕たちにも感じ取れるような魅力ではない。僕たちから見ればあの親子はどこにでもいる親子に過ぎないし、正直に言えば特別なものとして扱う理由があるとは思えない。だから、ついつい雑に扱ってしまっているというのが実情だね。オーナーの愛にはどこか不可解なところがあるんだ。しかし、いずれにせよ、僕たちは与えられた指示に従ってさえいればいい。きみたちに何と言われようとそれが仕事なんだし、こちらもそれなりの使命感を持ってやっているつもりさ」

青年の説明に満足できたわけではないが、双子はこの仕事場で共有されている行動原理のようなものを理解した。何も考えずただ指示に従うことを信条としている以上、従業員を説得してみたところで仕方がない。オーナーと会わなければ埒《らち》が明かないと思い、みつるは椅子から立ち上がった。そしてこれが最後の頼みとばかりに頭を下げる。

「皆様にお願いがあります！　僕たちに、オーナーと直に話をさせてはいただけないでしょうか！　もしオーナーが親子を連れ出してもいいと言えば、四人とも納得してくれますよね？」

四人の配下たちは一斉に口を噤んだ。ことみは両目をきょろきょろ動かし、誰が沈黙を破るのだろうかと様子を窺った。

しばらくして白髪の配下が四人を代表して話し始めた。

「いよいよオーナーに会わせろと言い始めたか！　ほんの少し甘やかすとどこまでもつけあがるのはあの親子と一緒だな！　次の瞬間には何を言い出すのかわかったものではないわ！　いいか、そもそもだな、いつでも誰でもオーナーに会えるはずないだろう？　オーナーが視察に来ることなど滅多にない上、多くの場合、指示は手紙や電話で伝えられる。確かに、オーナーが解放してもいいと言えば、私たちは何の異存もなくおまえたちに親子を託すだろうさ。そのときはどこへでも行ってしまえばいい。だがそんな指示はこれまで一度としてなかったんだ。よっておまえたちの言葉など伝える価値すらないというわけだ」

　ことみは諦めず懸命に訴えかける。

「オーナーに直接会わせられるはずがない、というのはよくわかりました。ですが、用件も伝えられないというのは承服できません。そもそもオーナーは監禁の継続を望んでいるのでしょうか？　最後に親子に関する指示があったのはいつですか？　今では監禁していることとすら忘れてしまい、何か別の事業に心血を注いでいる可能性も考えられるのではありませんか？」

　白髪の配下は叫ぶようにして言い返す。

「ふざけるんじゃない！　皆が皆、自分たちやあの親子のように記憶力を欠いていると思っているわけじゃないだろうな！　本当に失礼極まりない連中だ！　最後に親子に関する指示があったのはいつですか、だと？　なぜそれほどまでに馬鹿げた問いを提出できるのか、わしには皆目わからん！　まるでさっぱりだ！　そんな問いにまで答える義理はないし、ひとたび届いた指示は、それが改めて取り下げられるまでは何があろうと厳守せねばならない、という大原則がなぜわからないのだ！」

「だからと言って指示を確認してはならないというわけではないでしょう！」

「仮に何かの誤りがあったとしたら、親子の人生に責任を取れるのですか？」

双子も言いたいことを言い切り、場はいっとき静まった。すると義手の配下が語りだし、とうとう決議を下した。

「詭弁《きべん》に次ぐ詭弁、いつまで経っても終わることのない戯《ざ》れ言《ごと》だ！　いい加減面倒になってきた！　私たちもそろそろ仕事に取りかからなければならんのだ。望みはないと思うが仕方ない、根負けだ、特別にオーナーの住んでいる場所を教えてやるとしよう。本当はおまえたちも閉じ込めておきたいくらいだが、そんな指示は出されていないし、あいにく客室にも空きがない。それに南瓜の栽培だって追いつかなくなるだろう。しかし追い払うだけでは何度でも戻ってくるに違いない。そうだな？　だから、地図を渡してやると言っているのだ。おまえたちの大好きな旅とやらをして、親子を助け出すための許可でも取りつけて来ればいい。もちろん、間違いなく無駄足になるだろうがな。説得の末にオーナーが否と言えば、金輪際親子には近づかないと誓ってもらいたい。こちらの仕事には二度と干渉しないでほしい。オレンジの木でもグレープフルーツの木でもレモンの木でも何でも辿って帰り、私たちの目には見えないところに消えてもらおう。この条件を飲むなら地図を持ってきてやる。それから、くれぐれもオーナーには失礼のないようにな。私たちの仕事を奪うような真似だけはしてくれるなよ」

15

結末が結末としての役割を果たしてくれないことに戸惑いつつも、双子は朝日の降り注ぐ森へ飛び出していった。緑色の葉の一枚一枚は目醒めたばかりといった様子で、薄べったい葉肉にはち切れんばかりの光を蓄え始めていた。吹き抜ける風にくすぐられて小刻みに揺れる葉叢《はむら》は、擦れながら互いに囁き合い、人間にはわからぬ言葉を交わしているかのようだった。

双子は釈然としない気持ちで南瓜畑の只中に突っ立っていた。すでにペンションの表戸は固く閉ざされており、二人を迎え入れるつもりはないと断言している。みつるは、夜には暗がりに身を潜めていた南瓜を、いま朝の光のもとで粉々に砕いてやりたいと思った。狐につままれたように感じられてならない。もうすぐで出来上がるだろうと期待していた織物が、手のなかで瞬く間に解けていったのである。ことみももらった地図を光に翳《かざ》し、それが偽物でないかどうか確かめるようにして目を細めていた。ようやくここまで来たというのに、これからどこともしれぬ場所を目指して遠ざかっていくことになる。

悪い夢でも見ていたのではないかと思い、みつるとことみはいまいちどペンションの方を振り返る。ごくありふれた建物、どこにでも建っていそうな宿泊施設が正面の壁を白く輝かせて建っている。だが、本当にあそこには親子が閉じ込められているのだろうか、という疑問は浮かばなかった。裏に回れば、光も射し込まぬであろう幾枚もの板で塞がれた窓があるのは確実であり、また小石を投げにいくには及ばない。

従業員らが見張っていないかどうか確かめると、みつるは足下に転がっている南瓜を拾った。めくりあげたシャツで腹を太陽に晒しながら磨きあげ、入念に泥を落としていく。ことみも南瓜を拾い両腕でがっちりと持った。二人は南瓜をくすねて旅のための蓄えとしたのである。

確かに晴れやかな旅の始まりとは言えなかった。柑橘類の種も残っておらず、地図を持っているとはいえ帰り道は何とも心許ない。それに、地図が正しいという保証もなければ、オーナーと配下たちが拵えた罠だという可能性もある。しかし今ここで引き返すわけにはいかない。再び遠ざかるのは不本意だが、だからこそ急がねばならないはずである。二人は振り出しへの回帰を受け入れつつあった。

胸に抱えている南瓜をぽんと叩き、ことみは言った。

「出発する前に、ナカタニにひとつ食べさせてやったら？」

「よし、それならいちばんでっかいやつをあげるとしよう」

そう言うなり、みつるは品定めに取りかかった。やがて最も立派な南瓜を選び、前に拾ったものの上に重ね、雪だるまのようにして抱え込んだ。

昨夜繋いでおいたところに戻ると、ナカタニは凜とした表情で立っており、二人に出発を急かしているかのようだった。先の方がふさふさとした尻尾を振り、時たま寄ってくる蠅や虻《あぶ》を追い払っている。ことみは南瓜を割るため手頃な石を探したが、近くには見当たらない。これでは地面に落として砕くより他ない。みつるは深く息を吸い、腰を落とし、南瓜を、思い描いていたよりずっと高く投げ上げた。

金子薫（かねこ・かおる）
一九九〇年、神奈川県生まれ。
慶應義塾大学大学院文学研究科仏文学専攻修士課程修了。
二〇一四年「アルタッドに捧ぐ」で第五一回文藝賞を受賞しデビュー。
著書に『アルタッドに捧ぐ』『鳥打ちも夜更けには』がある。

初出　「文藝」二〇一七年春季号

装画＝岡上淑子「暮色」（The Third Gallery Aya）
装幀＝川名潤

双子《ふたご》は驢馬《ろば》に跨《また》がって

二〇一七年九月二〇日　初版印刷
二〇一七年九月三〇日　初版発行

著　者　金子《かねこ》薫《かおる》
発行者　小野寺優
発行所　株式会社河出書房新社
〒一五一-〇〇五一　東京都渋谷区千駄ヶ谷二-三二-二
〇三-三四〇四-一二〇一（営業）
〇三-三四〇四-八六一一（編集）
http://www.kawade.co.jp/

組　版　KAWADE DTP WORKS
印　刷　株式会社亨有堂印刷所
製　本　小髙製本工業株式会社

ISBN978-4-309-02605-3　Printed in Japan